有一种幸福叫做幸福

谢 东 著

中国言实出版社

图书在版编目（CIP）数据

有一种幸福叫微幸福／谢东著. —北京：中国
言实出版社，2014.3
ISBN 978－7－5171－0421－6

I. ①有⋯ II. ①谢⋯ III. ①散文集－中国－当
代 IV. ①I267

中国版本图书馆 CIP 数据核字（2014）第 037613 号

责任编辑：郭江妮

出版发行 中国言实出版社
地 址：北京市朝阳区北苑路 180 号加利大厦 5 号楼 105 室
邮 编：100101
编辑部：北京市西城区百万庄大街甲 16 号五层
邮 编：100037
电 话：64924853（总编室） 64924716（发行部）
网 址：www.zgyscbs.cn
E－mail：zgyscbs@263.net
经 销 新华书店
印 刷 三河市金兆印刷装订有限公司
版 次 2014 年 5 月第 1 版 2025 年 1 月第 2 次印刷
规 格 880 毫米×1230 毫米 1/32 8.25 印张
字 数 156 千字
定 价 39.80 元 ISBN 978－7－5171－0421－6

序 用细微的心去看世界

曾以微电影《老男孩》创造点播率奇迹的草根组合"筷子兄弟",在2011年又推出了短片《赢家》,再次获得广泛好评。由导演肖央亲自创作并演唱的主题曲《微幸福》,精准地唱出了这个匆忙、竞争、甚至有点浮躁的时代里,我们内心的纠结与留恋。肖央说:"以前年轻人的榜样多是张海迪这样的励志人物,而现在主要是马云、李开复这样的财富榜样,我不是否认财富榜样的作用,而是说大家应该多思考挣钱以外的东西。《老男孩》注重的是追求梦想的心永不灭,而《赢家》关注的是眼前的幸福。"

的确,我们都渴望幸福,希冀快乐和满足,可有多少人因为"出发太久,而忘了当初为何出发",渐渐迷失在这条追求幸福的道路上呢?就像《微幸福》的歌词里写的那样:"那些简单平凡的欢喜,一幕幕泛黄在那片笑声、那些照片的夕阳里。那个成长中改变的自己,那些无奈悲伤的问题,还在一个个忙碌的日子,醒来的深夜继续……"

抑或你曾有过这种感觉:每天自己都在不停地接受信息,但一年下来发现其实没有真正读过几本书,我们似乎一直在"阅",而"读"的过程渐渐变少。不仅书籍,对生活的方方面面,我们都是如此"走马观花"地匆匆浏览,却不曾想到,自己错过的,正是一直以来最渴求的东西——幸福。

幸福不是荣华富贵,不是锦衣玉食,不是前呼后拥,不是平步青云,不是我们常常挂在嘴边的那些宏大的词汇。真正的幸福,往往是那些触手可及的、细微的事物:一次放肆的大笑,一首动听的歌曲,一片落叶飞舞的轨迹,一条小鱼跃出水面的时机,或者仅仅是静静待在母亲身旁的短暂时光……这些才是这个大时代里,专属于我们的:微幸福。

无所不在的微幸福根植于我们生活的每个细微角落,需要我们用一颗细微的、敏感的心,去将它们一一拾取,细细品尝。就像那只可爱的漫画小狗"刀刀"的作者、漫画家慕容引刀所说的:"有一天下午的四五点钟,我正在曹杨路的某一条小马路上,抬头,看到梧桐叶,在金色的阳光中,大片大片地飘落下来,这一刹那,我感觉自己好幸福!想到很多人就要开始赶着下班高峰,或是拥堵在马路上,或是拥挤在公交地铁里,而不用上下班的我,竟然能在这个时刻看着飘飞的梧桐叶,不是已经很幸福了吗?"

其实,即使是要挤地铁上下班的我们,也可以拥有这样的惬意和幸福。

当你发现工作太忙碌、生活太严肃时，不妨缓缓脚步，去做一件简单的、快乐的事，让自己摘下虚伪的面具，对那些琐事做个鬼脸，把单纯的笑意留给自己。不用在意那些潜在的危机，有时，你对这个世界简单，这个世界也会对你简单。

当你发现生活节奏太快，小脑袋里不知装载了多少个不必要的程序，不妨翻翻心灵低碳手册，学学灵魂瘦身术，删除纠结，清空烦恼，以最闲适的心境，迈出最优雅的步伐。或者跟乐活一族学学绿化生活的小窍门，让自己的生活和美丽的山水一样，青翠欲滴。

当你发现不知不觉间，已经和家人、朋友有些疏远，对同事也常常冷言冷语，不妨修炼一下"感恩力"，感谢这个世界给你的温暖，然后打开心扉，让那些温暖再次进入你的生命，再以满满的爱心，去善待别人。学会在雨天为人撑伞，学会为了"丑小鸭"的微笑，稍稍侧身让路……总之，学会善待众生和自己。

当你发现成功遥不可及，工作了无益趣，不妨尝试一下"微励志"，每天进步一点点，每天快乐一点点，不把工作当成糊口的差事，也不把白天的时光统统当成工作的牢笼，你随时都可以选择放松和修炼，也随时都可以收获快乐和进步。

当你陷入低谷，对一切丧失希望和动力，不妨就地落座，看看低处的风景，或者顺手抓一把沙子，别让跌倒毫无意义。等你起身时，相信你会感激黑暗和泥泞，因为它们帮你坚定了要去的方向，更积蓄了继续行路的经验。

当你发现时光匆匆，有些幸福错过了就一去不回，不妨提醒自己：不管昨天的夕阳带走了哪些美丽的晚霞，今天的太阳，依然会为你带来最美的云彩。最遗憾的人生，不是错过，而是一错再错。其实，今天，就是你所拥有的、最温柔的礼物。安心地打开它，你会发现满满的幸福。

当你……

不管你遭遇怎样的风景和境遇，都可以用一颗细微的心，去发现和拥抱你手头、身边，甚至心底的温暖和美丽。就像那句简单却动人的箴言所说："用心、真心、开心，所以生命之花盛开。"

就让我们一起走进这本书，走进那些或熟悉或陌生的幸福故事，看看那些人的生活，交错着怎样的烦恼和纠结，流淌着怎样的快乐和幸福。只要不辜负这最美的时光，我们终会站在幸福的枝头，微笑。

谢　东

目 录

你对世界简单，
世界就对你简单

生活并不严肃，细尝瘦瘦的幸福

不管到了哪里，我都一直留恋那令人愉快的悠闲生活，对
唾手可得的荣华富贵毫无兴趣，甚至厌恶。

——（法国）卢梭

有位网友在博客里提到了一件温暖的小事：在肯德基门口，
一位年老的乞丐进去买了一支甜筒给自己的乞丐老伴，然
后，自己坐在旁边默默地看着她吃。作为消费者，他们自
然是有权利在里面坐着吃的，但他们没有。当他们悄悄地
坐在门外品尝这"卑微"的幸福时，我想，在他们的爱面

前，在那个动人的瞬间，我们才是卑微的。

当我们穿行在陌生城市里的熟悉街道，当我们出入于高楼大厦里的小小格子间，当我们在每个清晨的车水马龙里昏昏沉沉，当我们在每个夜晚的灯火辉煌里疲惫不堪……也许，我们早在匆忙中遗失了这种"爱"和"被爱"的能力了吧，更不必说用细微的心去观察这个世界，发现她的温柔和美丽了。这就难怪在中国的《幸福白皮书》里，四川、福建等地的幸福指数最高，而经济最发达的北京、上海、深圳等地的指数反而最低。这样的"不够幸福"，或说富庶表面之下的"伪幸福"，虽是人们心照不宣的共识，却不是我们最初追寻的真实。我们渴望的是像"小王子"一样，守护着一个小小的星球和星球上唯一的玫瑰。每天的工作则是：坐在自己的星球上，看日出和日落……

真正的幸福可能并没有我们想象的那么难，它甚至和梦想、圆满、成功这些宏大的词汇无关。林语堂先生说他的幸福就是："一是睡在自家的床上，二是吃父母做的饭菜，三是听爱人给你说情话，四是跟孩子做游戏。"仔细想来，有哪一条很困难呢？我们也许只是还没来得及发现这些茶米油盐的滋味而已。其实，不管是大明星，还是小老百姓，只有安心品尝自己的生活，不管咸淡，不论苦甜，始终甘之如饴，才能从任何一种境遇里都尝出幸福的味道。

海明威在海边欣赏波浪，看海鸥飞翔，能从中找到生活的情趣；史怀哲非洲行医，虽然生活条件艰苦，但丰富的精神生活带给他无比充实的人生。有的人天天吃喝应酬，却兴味索然。这些人活得很累，也缺乏适当的轻松感和幽默感，他们像在身上穿着一件厚重的铠甲，既不能活动自如，又不能果断摆脱，只好于重负之下步履蹒跚。

其实，生活没有那么严肃，我们的心灵也具备幸福所需的一切要素。唯一的问题是：你打算何时停下脚步，回头细尝这份专属于你的幸福温度呢？

彼得拿着刚买的牛奶冰激凌，边走边吃，感到十分快乐。忽然一不小心，整支冰激凌掉在了地上，和泥沙混在一起。

彼得愣愣地站在那里，一句话也说不出来，只是睁大了眼睛看着地上的冰激凌。

这时，一个老太太走过来，对彼得说："好吧，既然你碰到这样坏的遭遇，脱下鞋子，我给你看一件有意思的事情！"

老太太说："用脚踩冰激凌，重重地踩，看冰激凌从你脚趾缝隙中冒出来。"彼得照着她的话去做了。

老太太笑着说："我敢打赌，这里没有一个孩子尝过脚踩冰激凌的滋味！现在跑回家去，把这有趣的经验告诉你妈妈。"

彼得微笑了起来，老太太补充说："要记住！不管遭遇到什么，你总可以在其中找到乐趣！"

这件事使彼得很受启发，让他很快学会了这种处世方法。

不久后的一天午后，一场大雨在地面上形成一个个小水坑。彼得的妈妈带着他，小心翼翼地避开人行道上的积水。不料，一辆计程车从身边疾驶而过，将两人的身上溅满了水。

彼得的妈妈很生气，旁边的彼得却兴奋地对妈妈说："遇水则发，我们要发了。"

正在生气的妈妈听到这样可爱的童言稚语，不禁莞尔一笑，两人快快乐乐地踩着积水回家了。

我们常常喜欢用一成不变的方式来处理问题，当心爱的冰激凌掉地上的时候，第一个反应就是生气；当一大早穿上漂亮的衣服准备上班的时候，却莫名其妙地被污水弄脏，第一个反应就是抱怨，总觉得生活对我们不公平，总是有一些令人气愤的事情来搅乱我们的安排。其实，这些事只是偶然，关键在于我们如何看待。

以智慧著称的犹太人说："这个世界上卖豆子的人应该是最快乐的！因为他们永远不必担心豆子卖不出去。"假如他们的豆子卖不出去，可以拿回家磨成豆浆，然后拿出来卖给行人；如果豆浆卖不完，可以制成豆腐；如果豆腐卖不成，变硬了，就当作豆腐干来卖；如果豆腐干卖不出去，就把这些豆腐干腌制起来变成腐乳。

是的，智者从来不把生活严肃化，他们总是感谢上苍给予他们的现有的一切，将手头的每一份瘦瘦的幸福，都仔细品尝一番，久而久之，他们自然也拥有了尝遍人间百味的能力和机会。

幸福就是找个温暖的人过一辈子

如果我们没有这样深情地爱过，盲目地爱过，我们应该就不会伤心了。可这样的人生，还有什么意义？

——（英国）彭斯

关于爱情的魔力，有人做过很有趣的总结："人吵架为什么嗓门会那么大？因为彼此心的距离太远了，要大声才会听见。为什么相恋时的情侣都是细声细语的，我们旁人却听不清？因为他们心在一起，所以无须大声也能彼此相通。"的确如此，爱情就是这么神奇，相爱的人之间，总是萦绕着各种奇妙的温暖。

高晓松在《恋恋风尘》里写道："午夜的电影，写满古老的恋情，在黑暗中，为年轻歌唱。"爱情正是讴歌青春最动人的音符，是书写年轻最华美的形容词。只是，大千世界，上哪去找这么一个愿意与你一起唱歌写诗的人呢？又有多少人在青春的电影散场后，无奈地将那些没能唱出的歌曲，没能念诵的诗篇，悄悄封在心底？

我们的一生说长不长，说短不短，也许，刚好够我们去找一个这样的人，安度余生。

一个男孩对一个女孩说："如果我只有一碗粥，我会把一半给我的母亲，另一半给你。"小女孩喜欢上了小男孩。那一年他 12 岁，她 10 岁。

他们村子被洪水淹没了，他不停地救人，有老人、有孩子、有认识的、有不认识的，唯独没有亲自去救她。当她被别人救出后，有人问他："你既然喜欢她，为什么不救她？"他轻轻地说："正是因为我爱她，我才先去救别人。她死了，我也不会独活。"于是他们在那一年结了婚。那一年他22岁，她20岁。

那年闹饥荒，他们穷得揭不开锅，最后只剩下一点点面了，做了一碗汤面。他舍不得吃，让她吃；她舍不得吃，让他吃！三天后，那碗汤面发霉了。当时，他42岁，她40岁。

许多年过去了，他和她为了锻炼身体一起学习太极。这时他们调到了城里，每天早上乘公共汽车去市中心的公园，当一个青年人给他们让座时，他们都不愿坐下而让对方站着。于是两人靠在一起，手里抓着扶手，脸上都带着满足的微笑，车上的人竟不由自主地全都站了起来。那一年，他72岁，她70岁。

她说："10年后如果我们都已死了，我一定变成他，他一定变成我，然后他再来喝我送他的半碗粥！"

最美的爱情，莫过如此。

其实，何止人类，就连许多动物都会用一生的时间去追寻自己的爱情。同心鸟、比目鱼，都是自然界中最具深情的动物。

法布尔在《昆虫记》里也提到了一种美得让人心醉的痴情昆虫——孔雀蛾。孔雀蛾全身披着红棕色的绒毛，脖子上还扎有一个白色的领结，翅膀上洒着灰色和褐色的小点儿。而他们之所以被称为"孔雀蛾"，是因为翅膀周围有一圈灰白色的边，中央有一个大眼睛，有黑得发亮的瞳孔和许多色彩镶成的眼帘，看起来就像是孔雀的羽毛一样。

孔雀蛾的生命十分短暂，只有两三个晚上，所以它们一生中唯一的目的就是寻找配偶。为了这一目标，它们继承了一种很特别的天赋：不管路途多么遥远，天色怎样黑暗，它总能找到它的对象。即使在最恶劣的天气条件下，孔雀蛾也会果断地飞出来，穿过层层树林的阻隔，顺利地到达目的地。

法布尔曾在某个五月初把一只刚孵化的雌性孔雀蛾罩在一个金属丝做的钟罩里。他当时这么做并没有特别的目的，只是一种习惯而已。可等到第二天早晨，当他再次来到这里时，发现满屋子都是雄性孔雀蛾。他惊喜地感叹道："一共有多少蛾子？这个房间里大约有二十只，加上别的房间里的，至少四十只。四十个情人来向这位那天早晨才出生的新娘致敬——这位关在象牙塔里的公主！"

而在那之后的一个星期里，每天晚上这些大蛾们总要来觐见它们美丽的公主。那时正值暴雨季节，晚上更是一片漆黑，而法布尔的屋子又被遮在许多大树后面，很难找到。可是，那些孔雀蛾却不管这些，它们穿过无尽的黑暗和艰难的路程，只为见到自己的"心上人"。

法布尔最后深情地写道："孔雀蛾不懂得吃。当许多别的蛾成群结队地在花园里飞来飞去吮吸蜜汁的时候，它从不会想到吃东西这回事。这样，它的寿命当然是不会长的了，只不过是两三天的时间，只来得及找一个伴侣而已。"

其实，我们的寿命又比它们长多久呢？几十年光阴，可能也就刚好够找一个可人的伴侣吧。许多年前，电视上有两只手表的广告词很流行，一个是飞亚达的"一旦拥有，别无所求"；另一个是铁时达的"不在乎天长地久，只在乎曾经拥有"。前一个是"在天愿做比翼鸟，在地愿为连理枝"的圆满，后一个是"两情若是久长时，又岂在朝朝暮暮"的浪漫。

若不以浪子为职业，想必很多人都会选择前者，尤其是新婚之妇。三毛初嫁荷西时，一次新年钟声敲响之际，荷西让她快随着钟声许下 12 个愿望，三毛就默念道："但愿人长久，但愿人长久，但愿人长久……"每个人都希望与自己心爱的人于携手处，只见花明月满，如鸳鸯、蝴蝶那般双宿双飞，最好能同化灰、化尘，博得个地久天长、生生世世。

其实，我们的一生都在奢求什么呢？大富大贵？流芳百世？都不是。我们不过是想和一个人过着再平常不过的生活，与他（她）一起坐卧行停，看云之光彩、竹之摇曳、群雀之噪鸣、行人之容颜——从这一切日常的琐事里，体味出无上的美好，有微妙的享乐，也有微妙的受苦。

是的，真正的幸福，就是找个温暖的人，过一辈子。我眼望住你，你伸手向我，这世间，就不再需要任何多余的温暖和美丽。

你的第一个恋爱对象应该是自己

如果说爱是一门艺术，那么，恰如其分的自爱便是一种素质，唯有具备这种素质的人才能成为爱的艺术家。

——（中国）周国平

有人说："学会自爱，才是浪漫一生的开始。"当我们从别人那寻求安全感的庇护，找寻浪漫和幸福时，其实，我们更应该从自身出发，自尊自爱，自我滋养。我们必须先学会爱惜自己的身体，才能有体力承受周游世界的快意；我们必须先学会好好照顾自己的情绪，才能有心情接受不期而遇的美好事物；我们必须先学会充实自己的生活，才能有信心去面对人生的种种变幻和风雨；我们必须先学会爱上自己，才能以满满的爱意和笃定去和别人浪漫相遇、厮守终老。

劳拉和自己的男朋友相恋 5 年了，他们终于决定订婚。然而，就在订婚前的一个星期六，在商场，劳拉看到未婚夫和另外一个女孩拥抱在一起。劳拉很生气，跑上前拽住未婚夫，大叫道："你最好给我解释清楚！""没有什么好解释的，正如你看到的那样，我喜欢她，她比你漂亮、比你年轻得多。"劳拉快崩溃了，大哭了起来，引来了围观。

"可是，你明明答应要和我结婚的！"劳拉哭着说。

"对不起，我根本不适合结婚，我讨厌一成不变的婚姻生活。"未婚夫说。

"5 年前你怎么不说？"劳拉大叫起来，接着拉住了未婚夫的衣领，威胁着说，"既然如此，那么，我要让你陪我一起去死。反正我已经浪费了 5 年的青春了，再也找不回来了"。她边说，边把未婚夫往马路上拉。还好，保安及时赶到，分了开他们。

他们分手了，劳拉开始暴饮暴食，她要把过去 5 年里想吃的东西都吃遍，为了保持一个令男朋友满意的身材，在那 5 年里劳拉每天都吃得很少。劳拉还剪掉了长长的秀发，因为那是为男朋友而留的。朋友们看到劳拉这样，都很伤心。

或许劳拉并不是因为失去了未婚夫而伤心，而是在那 5 年里，她没能真正地爱过自己，她一直以别人的标准过生活。然而，那个别人却并不感动于她的改变和付出，甚至正是因此而看低她、忽略她。这才是她如此伤心的原因：为了别人而放弃自我，最后反而被别人放弃。

作家素黑说："自爱是生命最基本的原动力，像吃饭呼吸一样自然和重要，偏偏我们却失去自爱的本能，经常自虐危害自己。"的确，真正的爱，需要自我完善，需要付出必要的精力，而我们的精力毕竟有限，不可能狂热地去爱每一个人。在有限的生命里，有限的爱只能给予少数特定的对象，而这些特定的对象中首先应是我们自己。

从小到大，我们所受到的教育都是"与集体、与他人相比，我不重要"。因为害怕来自别人异样的眼光，害怕被批判，我们不敢大声地说出"我很重要"。我们的地位或许很卑微，我们的身份或许很渺小，工作也可能并不出色，但是这些并不意味着我们不重要。重要并不是什么自恋的词汇，它只是一颗心灵对自己生命的肯定和允诺。人最大的心病不是被人离弃，而是自我否定，不接受自己，而寻找别人爱自己。人的不完整不是因为失落了另一半，而是自我分裂，不懂自爱。

学习自爱的第一步，就是要懂得转移不良情绪，将大脑调到一个积极的频道。碰到不顺心的事情或在家中与亲人发生争吵，不妨暂时离开现场，换个环境，转移自己的注意力。或者同别人去侃大山；或者听听音乐，看看自己喜欢的书；或者将这种压抑的情绪向好友痛快淋漓地倾诉出来；或者采用剧烈运动，把某些无用的东西当作泄愤对象。总之，把注意力转移到别的方面去。只有把原来的不良情绪冲淡赶走，才能重新恢复心情的平静和稳定。

自爱也需要决绝和狠心。人们之所以不能做到自爱就是因为人太懦弱，宁愿花很多时间和精力叫苦，也不愿意行动来拯救自己。自爱是行动，马上行动。先与自己建立良好关系，相信自己，相信自己内在有个神圣的空间，相信自己有能力自我改善。然后，感激身体对自己的不离不弃，为自己默默地付出，散发内在的慈悲。要知道，对自己的生命完完全全地负责，才是真正的爱。相信自己的未来会很美好，让自己时刻处于一种积极进取的精神状态。不管面对什么样的困难和挫折，都能以一种平和的心态去处理。

不管现实多么残忍，都应该相信光明的未来就在前头，相信明天会更加美好。

最后，自爱还要学会筛选记忆。在人生的旅途中，有时荆棘丛生，有时铺满鲜花，有时忧心如焚，有时其乐融融，对此应进行精心的筛选，不能让那些悲哀、凄凉、恐惧、忧虑、彷徨的心境困扰我们。对那些幸福、美好、快乐的往事要常常回忆，以便在心中泛起层层涟漪，激发开拓未来的信心，而对那些不愉快的事情、诸多的烦恼，则要尽量从头脑中抹掉，切不可让阴影笼罩心头，导致丧失前进的动力。

懂得并学会爱自己，并不是夜郎自大的无知和狭隘，而是源自对生命本身的崇尚和珍重。这可以让我们的生命更为丰满和健康；可以让我们的灵魂更为自由和强大；可以让我们在无房无居的时候，亲手建造起我们自己的宫殿，成为自己精神家园的主人。

自爱是一切爱的基础，一个不懂得爱自己的人更加不会爱别人。

人生不设限，做个"随性素食者"

我相信他们只是为了责任而吃，倒不是为了热望而吃。这些人当然和一切极端的，一本正经的素食者一样是白痴。

——佚名

人生本是一场自由的冒险，是一段惬意的旅程，但许多人总是被固有的限制约束住手脚，无法挪动自由前行的脚步，自然无法在幸福的田园快乐漫步。在他们眼中，有些规定就是金科玉律，不能触碰和违反，一旦违反，自己就会受到谴责。但是在林语堂先生看来，很多规定都是人为的限制，是对心的束缚。他曾经在《一个素食者的自白》中谈到，他是个随性素食者，不是"主义素食者"。"主义素食者"为了某些所谓的责任和戒律而强制吃或者不吃什么。随性素食者则吃肉可，吃菜也可，他们不会强硬地限制自己和强迫自己。林语堂先生自诩做一个素食者是好的，但别做一个极端的素食者。理性的戒酒者有时也会喝上几杯。问题随时都有，关键是要灵活处理，不要自我限制。

随性素食主义者和"主义素食主义者"反映的是限制与灵活应对的问题。无论怎样的事，都不能让心受到限制，一旦挣脱不了心灵的缰绳，生活就会遇到麻烦。

一个小孩在看完马戏团精彩的表演后，随着父亲到帐篷外拿干草喂养表演完的动物。小孩注意到一旁的大象群，问父亲："爸，大象那么有力气，为什么它们的脚上只系着一条小小的铁链，难道它无法挣开那条铁链逃脱吗？"

父亲笑了笑，耐心为孩子解释："没错，大象是挣不开那条细细的铁链。在大象还小的时候，驯兽师就是用同样的铁链来系住小象，那时候的小象，力气还不够大，小象起初也想挣开铁链的束缚，可是试过几次之后，知道自己的力气不足以挣开铁链，也就放弃了挣脱的念头。等小象长成大象后，它就甘心受那条铁链的限制，而不再想逃脱了。"

在大象成长的过程中，人类聪明地利用一条铁链限制了它，虽然那样的铁链根本系不住有力的大象。在我们成长的环境中，是否也有许多肉眼看不见的铁链在系住我们？而我们也就自然将这些链条当成习惯，视为理所当然。于是，我们独特的创意被自己抹杀，认为自己无法成功致富。我们告诉自己，难以成为配偶心目中理想的另一半，无法成为孩子心目中理想的父母，无法成为父母心目中理想的孩子。然后，我们开始向环境低头，甚至开始认命、怨天尤人。

所有的限制都源于内心，所有的难以突破都是自认为无法突破。就像林语堂先生说的素食主义者，当我们做每件事前都在想着主义里的教条思维，那么每做一件事都会被限制在"主义"里，我们会变得拘谨、不敢创新和尝试，这样的状态下，做事和生活就很少有快乐与成功的感觉。所以，我们要摆脱自我设限，要敢于突破心的穹隆。

科学家曾经做过一个实验：把跳蚤放在桌子上，然后一拍桌子，跳蚤条件反射地跳起来，跳得很高。然后，科学家在跳蚤的上方放一块玻璃罩，再拍桌子，跳蚤再跳就撞到了玻璃。跳蚤发现有障碍，就开始调整自己的高度。然后科学家再把玻璃罩往下压，然后再拍桌子。跳蚤再跳上去，再撞上去，再调整高度。就这样，科学家不断地调整玻璃罩的高度，跳蚤就不断地撞上去，不断地调整高度。直到玻璃罩与桌子高度几乎相平，这时，科学家把玻璃罩拿开，再拍桌子，跳蚤已经不会跳了，变成了"爬蚤"。

跳蚤之所以变成"爬蚤"，并非它已丧失了跳跃能力，而是由于它为自己设了一个限，认为自己永远也跳不出去。尽管后来玻璃罩已经不存在了，但玻璃罩已经"罩"在它的潜意识里，罩在它的心上，变得根深蒂固。行动的欲望和潜能被固定的心态扼杀了，它认为自己永远丧失了跳跃的能力。这也就是我们所说的"自我设限"。

你是否也有类似的遭遇？生活中，无论是遭遇挫折还是受到方方面面的限制，你是否会在遭遇打击后变得"乖"了起来？是否会屈从于"主义"，还是做出另外的选择？一个人只有善于打破"主义"的限制，率先从思想上解放自己，大胆思考，大胆做事，人生才能有所突破，才会更加快乐。随性而为，才能找到最适合生命的给养。

幸福不必"零存整取"，要"随挣随花"

最明亮的欢乐火焰大概是由意外的火花点燃的。人生道路上不时散发出芳香的花朵，也是由偶然落下的种子自然生长出来的。

——（美国）约翰·塞尔

我们的民族是个吃苦耐劳的民族。从古至今，我们的文化里都在宣传一种承受痛苦的精神，比如"吃得苦中苦，方为人上人"，"天将降大任于斯人也，必先苦其心志"，"头悬梁，锥刺股"等，强调的是一种克己、勤勉的生活方式。这种文化无疑是有着积极意义的，但有时也会给现代人带来过重的心理负担。

生活中许多人都有意无意地将幸福当作一种奢侈品，认为自己只能在储存了足够的"苦"后，才能有资格享受"昂贵"的"乐"。比如有的人在读书的时候，明明家里不缺钱，还省吃俭用，每天用白菜、萝卜打发伙食。这种精神虽然可嘉，可青春期的你正是长身体的时候，平时学习又辛苦，不注意调节营养怎么行呢？到头来，不少人落下了胃痛或体质虚弱的毛病。

还有的人更厉害，竟然采取一种自虐性的进取方式，他们规定自己每天工作或学习要达到12个小时，也不管身体是不是受得了，一旦某天工作或学习状态不理想，尤其在受到别人"奋发图强"精神的刺激后，他们会义无反顾地甚至"开夜车"到天亮，用以惩罚自己的"不刻苦"。这种人我们在这里可能觉得难以置信，可真正用心一想，其实生活中到处都是。经常加班的你，不也是如此吗？

其实，这些人一般来说意志力都很坚强，品性也不错，却用功过头了。日复一日地惩罚和约束自己，会令大脑失去创造热情，意志力虽在坚持着，心智却是消极的，在这种状态下，能量虽然被大量地消耗着，但效率不高，因为大脑的兴奋度不够。另外也会加重身心的负担，不利于个人健康。

生命就像一场旅行，有既定的路线也有路旁美丽的风景。有时候，人太在乎目的本身，一门心思扑入其中，就会忘记生命中还有许多美好的事物同样值得珍惜。等到老去的时候，才惊觉自己只顾着追求和赶路，却从来没有轻松地享受过。这难道不是人生的悲哀吗？任何人的生命都只有一次，任何一秒对于人来说都是弥足珍贵无法再生的。幸福无法"零存整取"，你需要在每分每秒中去体会幸福，而不是把所有的幸福"储存"起来，尝遍了所有的苦再一次性享受幸福。

我们常常会对自己说"如果我考上理想的大学……""如果我进了知名的外资企业……""如果我付清住房的贷款……""如果我得到提升……""如果我退休，我就可以永远地享受人生"。但或迟或早，我们全会明白，生活中根本不存在什么驿站，也没有什么既定的路线。

生活中真正的乐趣就是旅行，就是不断遇见。与其反复后悔与幸福擦肩而过的机会，为什么当初不好好珍惜呢？寻找生命本真的乐趣，不因任何顾虑而战战兢兢，不为任何流俗而生活压抑，这样在生命的终点，就不会因为突然觉悟而痛悔不已。

那究竟如何随挣随花我们的幸福，珍惜我们的每次际遇，又能不受到挫折和逆境的打扰呢？其实，转个观念就行。

如果有一串葡萄，你无论如何都吃不到，那么就理直气壮地把它想象成酸的吧。葡萄没有吃到，如果再失去快乐，那是多么不值得啊！既然我们最需要的是快乐，就可以在心里骗自己一次。人生中总有我们永远都得不到的东西，在种种难以得到的事物面前，"吃不到葡萄说葡萄酸"也堪称保持内心平衡的积极心态。有了积极乐观的心态，快乐就不会去往别处，它只能留在我们身边。

艾玛陪伴丈夫驻扎在沙漠的陆军基地里。丈夫奉命去学习，她一个人留在小铁皮房子里，天气热得受不了——在仙人掌的阴影下也有43℃。她没有人可谈天——身边只有墨西哥人和印第安人，而他们不会说英语。她非常难过，于是就写信给父母，说要丢开一切回家去。她父亲的回信只有一句话，这一句话却永远留在她内心，完全改变了她的生活：

"两个人从牢中的铁窗望出去，一个看到泥土，一个却看到了星星。"

艾玛反复读这封信，觉得非常惭愧。她决定要在沙漠中找到星星。

艾玛开始和当地人交朋友，他们的反应使她非常惊奇，她对他们的纺织、陶器表示感兴趣，他们就把自己最喜欢但舍不得卖给观光客人的纺织品和陶器送给了她。艾玛研究那些引人入胜的仙人掌和各种沙漠植物、动物，又学习有关土拨鼠的知识。她观看沙漠日落，还寻找海螺壳，这些海螺壳是几万年前——这里还是海洋时留下来的，原来难以忍受的环境变成了令人兴奋、流连忘返的奇景。艾玛觉得自己已不再难过，而是每天都在快乐中度过。

是什么使艾玛变得快乐了呢？沙漠没有改变，印第安人也没有改变，但是艾玛的心理改变了，心态改变了。一念之差，她把原先认为恶劣的情况变为一生中最有意义的冒险。她为发现新世界而兴奋不已，并为此写了一本书《快乐的城堡》。她终于从自己造的"牢房"里看出去，看到了星星。

法国雕塑家罗丹说过："对于我们的眼睛，不是缺少美，而是缺少发现。"生活里有许许多多的美好事物，许许多多的快乐，关键在于我们能不能发现。每时每刻保持一颗敏感的心，简单的心，快乐的心，就能随时随地发现美好的事物，挣得幸福的资粮。

快乐很简单，是我们想得太复杂

世界上没有比快乐更能使人美丽的化妆品。

——（美国）布雷顿

生活中的你有没有类似的体验，有时候会刻意去压抑自己的情感，不让喜怒哀乐在自己的脸上表现得太明显，有时候是因为工作，不想让上司看自己像个什么都不懂的小孩儿，所以故作深沉；有时候为了一份合同，所以即使遇到百般挑剔的客户，心里讨厌得要死，也要在他面前把自己的脸挤成一朵向日葵，表现得很热情；有时候是为了让家人看起来放心，所以即使有烦恼也会佯装没事儿；还有可能为了所谓的形象，所以不敢放声大笑，怕别人瞟到自己的"丑态"。

太多时候我们给自己套上一个又一个假面具去应付身边的人，可事实却是：我们能骗过所有人，却骗不过我们自己。表面上我们因为这些"面具"，暂时达到了目的，可内心的苦处只有我们自己知道。这样的我们会快乐吗？这样的我们不快乐！

有个女孩儿经人介绍好不容易遇到个心仪的男子，而这个男人明显也对她有意思，拼命讲笑话给她听，她却担心自己的形象，生怕自己笑起来自己的眼角会绽开"一朵花"

以及能看到几乎所有牙齿的大嘴把对方吓到。所以她不敢大笑，只是像淑女般略微矜持的微微一笑。结果对方误以为女孩儿对自己没意思，于是就没有再联系她。结果，一对"一见钟情"的男女就此擦肩而过了。其实这个时候女孩儿如果能放声大笑，那么对方也一定会感受到她的热情，也许一段美好的爱情就此开始了。

所以，当你觉得开心时，不要担心你心仪的人会看到你的"丑态"，如果你想笑，就使劲地笑吧，尽情释放内心的快乐，也让他看到真实的自己，真正爱你的人爱的本来就是最真实的你。

我们要想得到快乐，有时候就要适度地将自己的真实感受表达出来，让别人看到你真实的一面，也会为此更加信任你，同时也能促进两个人的关系更进一步。

我们小的时候，为什么过得那么快乐，因为我们想问题都很简单，看到好笑的，就大声地笑出来。我们长大了，为什么不快乐？因为我们想得多了，我们在意的太多了，我们用自己发明的一套"保护机制"将自己保护起来，觉得这样就会天下太平，相安无事。就像著名女作家波伏娃的那句深得女性赞同的话："我渴望能见你一面，但请你记得，我不会开口要求见你。这不是因为骄傲，你知道我在你面前毫无骄傲可言。而是因为，唯有你也想见我的时候，我们见面才有意义。"可是，如果双方都这么想，那谁来第一个张口呢？

我们活在这个世界上为的就是安安全全、不受伤害吗？就像是乘坐一趟列车，当你到达终点时，你是想感叹"啊！终于安全地到了"，还是想说"啊！这次旅程可真有意思，遇到那么多有趣的人，笑得我肚子都疼了"？

聪明的你，自然知道如何选择。

除了放下心中的面具，想笑就笑之外，我们还要学会重拾往日的童真，这样才能感受到更纯粹的快乐。举个例子，如果你现在已经28岁，你还会去游乐场玩吗？当你跟你的朋友提出去游乐场玩的建议，可能他们会用一种非常鄙夷的眼神看着你，说：你都28的人了，还去什么游乐场，别再闪了腰！当时你会不会无地自容，然后因此就放弃这个想法？

相信很多年龄稍大些的人都会在心里有一些隐忧，担心自己的装扮或是行为给人一种"装嫩"的嫌疑，所以不免有些"缩头缩脑"。其实这大可不必，你可以这样告诉自己：难道我28了就失去去游乐场的权利了？游乐场都没规定年龄限制，我又何必给自己加那么多要求呢？

是啊，只要自己开心，去哪玩都成。如果你走进游乐场，你会发现，每个人的脸上都写着"HAPPY"，即使有的人因为玩了一个惊险的项目，脸上露出恐惧的表情，可是当他落地之后，无不是满心欢喜的，可能嘴里还直呼：真是太刺激了。

所以，如果你还在纠结我该不该去游乐场玩，我要是坐旋转木马，会不会被旁边的人取笑，我给自己买个冰激淋吃，再举个 V 形手势拍张照片会不会太傻了？我坐上云霄飞车，并且吓得大喊大叫，会不会像个疯子？当你有这些想法时，只能说你真是活得太没有"营养"了。

快乐不是别人说你很快乐，快乐是自己觉得真的很快乐！去疯一天，玩得出汗，玩得尽兴，你身边的中年人看到，也许还会想：这个人身体真好啊，真有体力啊，谁说他们不会为此嫉妒你呢？

除了娱乐，日常生活也有诸多的情景，是我们自己限制了自己。很多年龄稍微大的女人，都会有这样的纠结：处在这样一个尴尬的年龄，穿衣服穿得太成熟了显得自己老，穿得年轻一点又怕别人说自己装嫩。想找个又高又帅的男朋友，很多朋友会劝她：你醒醒吧，可是为此就找个"钻石老头"吧，自己又不甘心。碰上比自己年轻的男人向自己表白，会本能地拒绝，临了还会微笑地对那位"弟弟"说：我可不想"老牛"吃"嫩草"。瞅瞅，自己就把自己比喻成"老牛"了。这是大多数大龄女的痛苦根源，就是让年龄这座"大山"压得自己透不过气来，大到感情问题，小到是不是能去游乐场玩，这些大大小小的问题因为年龄而让大龄女们无比纠结痛苦。

现在的人无不是带着自己的年龄、称谓、身份来跟他人互动，但其实，这些东西都是很虚幻的。无论对人还是对己，都是贵在真实与真心的互动上，对你自己时，你要问自己的心，你的心里想不想这样做，这样做你会不会快乐，如果你的心给出的是肯定答案，那就去做。对别人，只要你在对方面前呈现的是真实的自己，不去考虑太多，你就会很自如地与对方相处，如果太过于计较自己的年龄、身份或是社会地位，那么你能得到的乐趣就会少很多很多。

所以这一切，其实都可以幻化成浮云，只要你肯让自己从它们的桎梏中解脱出来就行了。

让心低碳，慢活即乐活

占有的越少，就越少被占有

人生有四然：来是偶然，去是必然，尽其当然，顺其自然。

　　　　　　　　　　　　——（中国）莫言

人生的道路曲折漫长，生活的道理却常常简单精练。中国第一位诺贝尔文学奖获得者莫言的这"四然"就是对生活最贴切的概括和指导。往事如烟如梦，岁月来去匆匆，我们唯有做好本分，顺其自然，才能享受随缘的快乐。

可惜，并不是每个人都懂得顺遂自心的生活之道。在这个匆忙的时代里，把积累当作享受，把数量当作幸福的人不在少数，他们的"自然"不是知足常乐，而是不断攫取——哪怕以迷失为代价。这是时代的悲哀，更是我们每个人的不幸。也许，我们都该像数学家一样去梳理自己的生活，才不至于被纷至沓来的信息和欲望所淹没。就像著名数学家华罗庚先生建议的："生活中要敢于做减法，就是减去前人已经解决的部分，看看还有哪些问题没有解决，哪些问题需要我们去探索解决。"

我们可能并不关心这世上还有哪些未曾解决的问题，但给生活做减法，的确是通往幸福山林的捷径。有人说："生命的完满来自生活的简约。"生活赠予我们的快乐和感动并不少，只是我们想要的快感和愉悦太多太多，以至失去了停下脚步细细品尝它们的机会。所以，无论你多么热爱手头的事业，也无论这份事业有多么伟大，你都要为自己保留一个开阔的心灵空间，一种内在的从容和悠闲。唯有在这个内在空间里，你才能把事业作为生命的果实来品尝。

如果没有这个空间，你就会如陀螺般被动地永远忙碌，让心灵被与事业相关的种种琐事所充塞。那么，不管在事业上取得了怎样的成功，你都只是白白损耗了生命和年华，而没有品尝到它的香甜果实。

玛丽安年轻的时候，和现在的我们一样，充满激情，也比较贪心，什么机会都不肯放过。有一段时间，她手上同时有七档主持节目，每天忙得昏天暗地。然而，事业愈做愈大，压力也愈来愈大。到了后来，玛丽安发觉这种拥有和追逐不是乐趣，而是一种沉重的负担，因为她的内心始终被强烈的焦躁和不安全感笼罩着。后来，灾难终于发生了，她的公司因经营不善而倒闭，丈夫也和她离了婚……一连串的打击让她瞬间崩溃，在极度沮丧的时候，她甚至想到过结束自己的生命。

她向一位朋友求助："如果我彻底放弃这一切，我不知道我还能做什么？"

朋友沉吟片刻后回答："你可以反问自己：你有什么不能做？"

这句话让她恍然大悟："是啊，我们本来就是一无所有，既然如此，又有什么好怕的呢？现在我有了大把的时间，做什么不行呢？"

玛丽安学会了"生活的减法"，为了简化生活，她谢绝应酬，淘汰不必要的家当，只留下一张床、一个书桌，还有两只做伴的猫。玛丽安忽然发现，原来一个人需要的那么有限，许多附加的东西都只是无谓的负担而已。

有同事不解地问她："你为什么都不爱自己？"

她回答："我现在是从内在爱自己。"

就这样，念头一转，玛丽安的整个状态也随之改变。以前畏惧她的强势和野心的人也渐渐接受了全新的她，她也得以获得帮助，渡过难关。

生活就是如此无常，你费尽力气去强求，虽然勉强得到，却终究留不住；而一旦你放空了自己，随之而来的却是更大的能量。人们常常像故事中最初的玛丽安一样，总想尽自己最大的努力把所有的活都揽下。结果，生活是忙碌了不少，内心的安全感却丝毫没有增加，实在得不偿失。其实，很多时候，我们心头的重担并非源自生活的残忍，而是自己的执着。所以，当你觉得不堪重负的时候，应当学会重新审视一下自己的内心，给它做做"减法"，减去多余的外来束缚，也减去无谓的自我捆绑。

这样的心灵，才能容得下天地的黑暗与清明，才能纳得住世间的眼泪和欢笑。

当然，简约并不只是单纯对生活内容的"减少"，它还是对剩余内容的品质的提升。有句话说得好："简约不一定是最美的，但最美的一定是简约的。"简约不仅是一门算数，它更是一门艺术。在服装界有"简洁女王"之称的简·桑德说："加上一个扣子或设计一套粉色的裙子是简单的，因为这一目了然。但是，对简约主义来说，品质需要从内部来体现。"她认为，简约不仅仅是摒除多余的、花哨的部分，避免喧嚣的色彩和繁琐的花纹，更重要的是体现清纯、质朴、毫不造作。

所以，我们要学会的不仅仅是减去多余的应酬和奔波，还有如何处理这省下的年华和精力。是随便报个某种证书的培训班，美化自己的履历，还是持续而用心地关注某个领域的动态，为自己的大脑和观念充电？是无聊地刷新微博首页，还是找些有趣的小站找寻意外的惊喜？是随便找来排行榜推荐的电影和书籍打发时光，还是做个有心人，去论坛或地摊淘淘被埋没的经典？是照例和亲人在一起无言地看电视，还是上网学学家庭互动游戏攻略，然后鼓动爸妈和爱人一起来玩？……对内容相对简单的生活来说，选择往往就意味着结果。你统统选择前者，就选择了一种单调乏味的生活；你全部选择后者，就选择了一种快乐充实的生活。

聪明的你，知道如何取舍和用心了吗？

心灵低碳手册：别让幸福成烦恼

人生应有两个目标：一个是把你所要的东西弄到手，另一个是用弄到手的东西享乐。然而懂得这第二个方法的人才是最聪明的。

—— （英国）史密斯

现在有一个流行的说法叫"心灵低碳"，意思是我们的心灵也要像生态环境一样低碳环保，才能获得持久幸福的能力。有人还总结了"心灵低碳手册"：让自己慢下来，多与心灵交流，多花点时间与家人相处，减少不必要的应酬和交际……这自然是很不错的倡议，但需要警惕的是，有时困扰我们的并不是应酬和压力，反而是我们要追寻的美好事物本身。心灵的低碳健康，有时正要从那些"有营养的食物"入手。

事业有成、家庭美满、朋友知己、爱人知心……这似乎是每个人梦寐以求的生活状态，许多人连得到其中一样都有点困难，更不用说样样具备了。然而，就像忙碌的工蚁只知道收集，不懂得挑拣和欣赏，我们似乎也把数量的增加当作了衡量幸福的唯一标准。

只是，这样就真的会幸福吗？

一位诺贝尔奖获得者曾做过一项有趣的研究：他选取了多名事业有成、家庭美满的女性，让她们随时记录每天发生的每一件事后自己的心情，如工作后、与朋友聚会后、与爱人相处后、照顾孩子后，等等。结果颇令人吃惊，很多成功女性和孩子们相处之后的情绪并不像我们预想的那样幸福和满足，相反，她们普遍会觉得有点焦虑。

当然，这并不表示成功女性就不爱自己的孩子，孩子是每个母亲生活中最重要的组成部分。可是，她们与孩子们相处时的幸福感却比普通女性要低。这是为什么呢？原来，当她们跟孩子在一起时，她们并没有真正地"和孩子在一起"——她们在给爱人打电话、给朋友发邮件、给自己安排下周的节目……她们的心思被太多的美好事物占据了，以至于最后居然无法享受到一点美好，反而被隐隐的焦虑所困扰。

用哈佛最受欢迎的幸福课老师本·沙哈尔的话来说就是："你不能同时负担太多美好的东西。"这就像你不能同时欣赏《卡农》和《致爱丽丝》一样，虽然它们都是最优美的曲子，但合在一起时，它们只会把彼此变成噪音。

将事情杂糅在一起并不是成功人士的专利，我们不也习惯着将电视、电脑和书本同时打开，让眼睛在多个地方不断跳跃么？同时我们的手和嘴也不闲着——手机和零食不会距离我们超过半米。也许很多人并不觉得这样有什么不好，这种生活可能正是他们向往的。但当网友写出了一篇又一篇精彩的影评，自己却只记得几个主演的名字；当同事做出了一个又一个精致的 PPT，自己却还在为明天的提案抓耳挠腮；当朋友在聚会时旁征博引，谈笑风生，自己却只能张口结舌，尴尬地附和着笑笑……你还会觉得惬意吗？

不得不说，这样的境况，都是我们自己的选择！一位作家对此不无感慨地说道："现代人自以为创造了人类有史以来最大的文明，但是具有讽刺意味的是，我们却没有时间享受这种文明带来的快乐，这就好像浮士德和魔鬼定下的契约！"是啊，在这个略显慌张的时代，我们走得过于匆忙。

我们匆忙地工作，以为那就是创造；我们匆忙地消费，以为那就是享受；我们匆忙地陪伴亲朋，以为那就是幸福……可是，匆忙的你，幸福吗？

也许，只有当我们的生活重新变得简单，美好的事物重新变得稀少，我们才会放缓脚步，稀释慌张，安心地欣赏生命里的每一缕斜阳，每一抹霞光吧。举个简单的例子：人类已经登上月球三十多年了，我们却越来越少地仰望夜空。似乎只有当美丽的月光几十年才出现一次，才能引得我们抬起眼眸。可是，事实是：月亮每天都会出现……这既是我们的悲哀，也是我们的幸运。悲哀的是因此大部分人依然会选择忽视它，幸运的是不管我们哪一天醒悟过来，都会有一轮明亮，在天空最高处安静地等着我们。

有这样一首小诗，也许能给我们一点温暖的提醒：

不舍弃鲜花的绚丽，就得不到果实的香甜；
不舍弃黑夜的温馨，就得不到朝日的明艳。

其实，我们并不需要牺牲和舍弃，我们需要的只是将眼前所有的时光，献给心底唯一的念想：全心地玩，全心地爱，全心地奋斗，全心地享受。就像奥黛丽·赫本，同一时间，永远只专注于一件事。有个朋友回忆说："她在试衣时，她就专心试衣；一旦阅读时，她便专心阅读。如果在整理发型时，她也不会像其他的人，一边弄头发，一边抽烟吃三明治。她对于手边的事情一定是专心一致。"这也正是赫本经久不衰的魅力所在。

也许，只有一心一意地经历了最甜蜜的欢笑和最苦涩的泪水后，我们才会明白：

幸福不是数不尽的拥有，而是不管拥有多少，都全然享受。

人在灯光下数钱，灯光数着人的流年

我们在灯光下数着钱，灯光在数着我们的皱纹与白发。

——（中国）吴再

一位母亲让孩子拿着一个大碗去买酱油。孩子来到商店，付给卖酱油的人两角钱，酱油装满了碗，可是提子里还剩了一些。卖酱油的人问这个孩子："孩子，剩下的这一点酱油往哪儿倒？""请您往碗底倒吧！"说着，他把装满酱油的碗倒过来，用碗底装回剩下的酱油。碗里的酱油全洒在了地上，可他全然不知，捧着碗底的那一点酱油回家了。

孩子的本意是希望母亲赞扬他的聪明，夸奖他善用碗的全部。而妈妈却说："孩子，你真傻。"实际上，很多人都在扮演那个孩子的角色，自作聪明地企图把碗的全部空间都用上，期望可以把酱油全部拿回家，最后却因小失大。有时候，我们泼洒的并不是酱油这类可见的东西，如果一味贪多，恐怕我们会错失许多原本弥足珍贵的东西。

上面那个孩子的故事其实并没有结束。孩子端着一碗底的酱油回到家里，母亲问道："孩子，两角钱就买这么点酱油吗？"他很得意地说："碗里装不下，我把剩下的装碗底了，这面还有呢!"说着,孩子把碗翻过来,碗底的那一点酱油也洒光了。

很多人听完这个故事都会莞尔一笑,觉得这个孩子实在太傻了,不懂得舍弃碗底的那一点酱油,追来逐去,结果什么都没有得到。实际上,不是还有很多成年人,因为对财富的孜孜渴求,从而丧失了自己生命中许多更为宝贵的东西吗?

诗人吴再先生曾经写过一首诗,叫《数数》,全诗只有两行:

我们在灯光下数着钱
灯光在数着我们的皱纹与白发

初读的时候,我们会觉得这首诗非常有意思,好像是我们和灯光做着一场游戏。可是,再读的话,我们就会觉出一些悲凉。这不是灯光与我们的对垒,而是时光与我们的博弈。当我们只顾埋头赶路的时候,当我们像小孩子一样,只想把更多的酱油、更多的声望、更多的财富放进我们碗里的时候,常常是在不经意间就翻转了自己手里的碗。

传说,一次乾隆皇帝下江南时来到江苏镇江的金山寺,看到山脚下大江东去，百舸争流，不禁心生豪迈，得意地问一旁的慧林禅师："你在这里住了几十年，可知道每天来来往往的，有多少只船？"慧林禅师淡淡地回答："我只看到两只船。一只争名，一只逐利。"

乾隆皇帝看到的是自己治下国泰民安、百舸争流的繁华，而慧林禅师却一眼看穿：不过是一些争名夺利的心在奔波、劳累罢了。这是因为双方身份的不同，更是因为各自境界的差异。乾隆皇帝虽然贵为人君，坐拥天下，却依然勘不破：再繁华的外衣，也改变不了枯朽干瘪的内里。

我们可以想象，那些川流不息的船只上的商贾们，无外乎白天往返于各个港口，买卖货物，晚上回到家里挑灯、算账、数钱而已。然而，这江上的流水、夜里的灯光，却在数着他们宝贵的流年啊。这只夺利之船，究竟会把他们载往何方？

另一只争名之船，同样害人不浅。

智岩禅师出家之前曾是一位军人。一天，有位从前的战友到智岩禅师隐居的山林里找他，这位战友，此时已和当初的智岩禅师一样，官拜"郎将"。

他一见禅师，就说道："你发狂了吗？怎么住到这种地方来。"

智岩回答："我以前发狂，现在醒了。而你的狂病，却正在发作！"

那人不信："真好笑！我怎么会发狂？"

智岩说："你沉湎声色，贪受荣华，陷于轮回生死之中，不能自拔，还说自己没有发狂？"

那人听完，若有所悟。

我们常会在电影、电视剧里看到这样的桥段，主人公搭救了一位达官贵人，贵人想报以重金或官爵，主人公却辞而不受，旁边人就议论道："呆子！有钱有官都不要，那你要什么呀？"是呀，名利都不要，我们还应该要什么呢？难道，我们应该效仿"发狂"的智岩禅师，去山里隐居不成？

当然不是！在佛家看来，红尘即是道场，世间即为禅房。不能在尘世里参悟，去深山中一样不得解脱。我们要做的，其实只是停一停数钱的双手，闭一闭盯着虚名的眼睛，安安静静地，感受一下自己真实、灵动的生命，和家人朋友亲切温暖的目光。争名、夺利，本不正是为了让自己更加快乐，让亲友更加幸福吗？缘何为了夺利而忘记抚摸父母鬓角的白发，为了争名而忘记端详自己在镜子里，或年轻或成熟的鲜活脸庞？

我们在疲于奔忙间放弃了健康、舍弃了情趣，甚至懒于和家人说话，懒于和朋友聚餐，我们的世界都被那一小撮"酱油"所吸引。同时，我们还振振有词地辩论："自己正是为了生活的改善才发生了改变。"可是，当我们在灯光下数钱的时候，灯光却数着我们的白发与皱纹。时间看着我们渐渐老去，灯光见证了我们被物质世界所奴役的过程。

试着换一种心态生活吧，在灯光下，辅导孩子的功课，在帮助孩子获得知识的同时，也重温自己学生时代的快乐；在灯光下，打来一盆热水，为父母洗脚，为他们洗去半生的劳累；又或者，在灯光下，与朋友共品一杯香茗，读一段诗词，让那些感动人心的文字缓缓流入心田。借着一灯如豆的喜悦，好好回味我们的生活吧。五味杂陈的生活总比一碗酱油更值得我们去关怀。

人生暖规则：快时代，慢活才有味

五岁时，妈妈告诉我："人生的关键在于快乐。"上学后，人们问我长大要做什么，我写下"快乐"。他们告诉我，我理解错了题目；我告诉他们，他们理解错了人生。

——（英国）约翰·列侬

在强调效率的"快速时代"，人们通常会排斥那些"笨拙"的快乐之人，因为后者常常对一些既浪费时间，又没有成果的事物乐在其中。而前者的心里早已默认为：每个选择都要有目的，每份付出都该有结果——虽然这并没有为他们带来快乐。所以，当后者因为"无目的"和"无所求"而感到快乐时，他们就无法忍受了。

其实，他们有一个理由没有明说，或说干脆不自知，那就是："在慵懒的快乐面前，勤奋的焦虑会显得比平时更加可笑。"就像已逝英国歌手，前披头士乐队成员约翰·列侬这段自白里所说的，很多人自己理解错了人生的真谛，却反过来指责别人理解错了题目。归根究底，他们不是出于善良，而是心底隐藏的不安和嫉妒。

在山区，有的农民常常在田埂上一蹲就是一整天，他们抽着烟望着田地里耕作的人们。外地来的人不懂，就问那蹲着的人："你们在看什么呀？是在学习别人的耕作经验吗？"蹲着的人仍旧蹲着，抽着烟，眼睛看着田里，用浓重的乡音懒懒地说："没，就是看呀。"

这是乡下人们生活的情景，一直奔波在城市里的人自然很难理解什么叫"就是看""就是听"，或者"不为什么"。他们也因此无法理解：为什么自己的时光会流逝得如此匆忙。他们每到周末，就会奇怪地问："一个星期又跑哪儿去了?"每到除夕夜，又感叹："怎么一年又不见了?"或是某个早上醒来，赫然发现镜子里大腹便便的自己已经三四十岁了，却怎么也想不起来，时光是怎么溜走的!

冯助和他的妻子张琴原来在一家国营单位上班，夫妻双方都有一份稳定的收入。每逢节假日，夫妻俩都会带着 5 岁的女儿兰兰去游乐园打球，或者到博物馆看展览，一家三口其乐融融。后来经人介绍，冯助跳槽去了一家外企公司，不久，在丈夫的动员下，张琴也离职去了另一家外企。外企待遇优厚，工作却紧张繁忙。夫妻两人白天拼命工作，有时忙不过来还要把工作带回家。女儿只能被送到寄宿制的幼儿园里。

凭着出色的业绩，他们都成了各自公司的骨干力量。可是渐渐的，张琴觉得，虽然他们各自风光了，但这个家却有点旅店的味道。孩子一个星期回来一次，有时她要出差，就很难与孩子相见。不知不觉中，孩子幼儿园毕业了，在毕业典礼上，她看到自己的女儿表演节目，竟然有点不认得这个懂事却可怜的孩子。孩子跟着老师学习了那么多，可是在亲情的花园里，她却像孤独的小花。这一切都让张琴陷入了迷惘和不安当中。

的确，一些超过生活和心灵所需的过高的期望，其实并不能给我们带来真正的满足和快乐。只是，我们在城市这趟疾驰的列车里，身不由己地你追我赶，你抢我夺……拥有宽敞豪华的寓所、完美的婚姻、让孩子接受最好的教育、争取更高的社会地位、买高档的奢侈品、穿名贵的皮草……这些都是许多人"梦寐以求"的，但是他们忘了反思一下，这些"梦"，是谁给你的？真是你自己的内心吗？唯一能够确定的是，这些让你梦寐以求的东西，常常令你日夜难寐，更遑论停下脚步，享受生活了。

只是，这样的生活，有什么味道呢？

在冰冷的社会里打拼，人心也难免会变得僵硬。所以，我们都该学学一些"人生暖规则"，好让自己的心能够柔软地接受快乐和幸福。这诸多暖心的规则里，最适合现代都市白领的一条就是：在这个匆忙的"快时代"，只有"慢生活"才能活得有味。

哈伯德先生是一位著名的演讲家，常常因为生活的过度紧张而痛苦不堪。据他自己形容，每天一早他从床上跳下来，就要进入冲刺的状态，每天从忙碌中开始，又在忙碌中结束。一次，他到纽约市的一所学校去演讲，从演讲到签名会到午宴再到第二个签名会，他又在匆忙里过了一天。晚上，等他换好衣服，电话铃又响了："快，快，我们要赶快赶到会场。"他从房间往外冲，因为太兴奋，钥匙几乎插不进钥匙孔里。仓促间，他摸摸自己，确定自己是穿好衣服的，然后冲向电梯。

忽然之间，他停了下来，喘着气问自己："我到底在干什么？这样无止境地赶场到底有何意义？太荒谬了！我居然没有时间和精力来享受自己事业的成果。"所以他故意慢慢走回房间，慢条斯理地打开房门的锁。他打电话给楼下等着的人说道："如果你们要去吃饭，你们自己去吧！如果你们愿意缓一下，我还要多一些时间才会下来，因为我不想再赶来赶去了。"

他脱下外套、鞋子，把脚放在桌子上，就坐在那里。然后随手翻开桌上的《圣经》，以缓慢的速度朗读起自己平时最爱读的诗篇。稍后，他合上书，跟自己说一会儿话："来吧，就是现在，开始过一种较慢较放松的日子。"就这样，他静静地坐在那里祷告了足有十分钟。他永远不会忘记当他走出房间时，心中的那份平和感以及对自己的征服感。因为他克服了某件事情，控制住了自己的情绪，让自己从焦虑和匆忙的枷锁中挣脱了出来。

我们也可以这样，不论身在何处，都可以放慢脚步，让自己重新掌控自己的情绪和步伐，也重新发现自己的喜好和热情。漫步在某条幽静的小路上，尽情呼吸清新的空气，以悠闲的心情细数阳光撒在地上的美丽斑斓。抑或闭上眼睛，用心感受扑面而来的淡淡花香。再就是哼一首无名的小曲，默念一首不为人知的小诗……

也许，这才是生活本该有的节奏和味道。

喜新恋旧，做个心有所依的旅人

小时候画在手上的表没有动，却带走了我们最好的时光。

——网友

时尚圈流传着一个经典的论点："一切过往的东西，都会是一个新的开始。"所以每隔一段时间，复古风就会盛行一次。其实，这正是源自每个人心底的恋旧情结。是的，我们都期待意外的邂逅，渴望新事物的崛起，但不论何时，我们在心底都会为曾经的美好，保留一间足够宽敞的暖暖的木屋，好让自己时不时进去坐坐，去重新听一听，那时的自己究竟对这个世界，倾吐了哪些呓语和秘密。

所以，真正懂得享受生活的旅人，不仅会放慢前行的脚步，还会时不时回头，望望那条来路，看它是否还像从前手里的年华般，懵懵懂懂，却郁郁葱葱。当然，这样的回首，不只有一种单调的姿势。如果你愿意，请跟我一起，回到那间满是回忆的木屋里，做几件"有温度"的事。

可以听听经典的老歌。

你是否也有过这样的体验，偶然听到一首曾经很喜欢的老歌，心里会莫名地一动，或欣喜或激动或是一阵揪心，然后便让自己陷入对过去的无尽回忆中？作家林白曾说："一部电影，只要它逝去了20年，它的歌曲就像一些柔软的手，从草编的花篮里伸出，舞动着各种令人心疼的手势。"是的，那些经典的老歌就像是一只只细小的手，从生活的许多隐秘角落里伸出来，触发我们的泪水，也拥抱了我们的心。

现在的生活节奏越来越快，很多年轻人已不太喜欢老歌，嫌老歌太"土气"，旋律太单一，甚至制作太粗糙。可老歌之于每个人，可能早就超越了一首歌曲的意义，它们更多地承载着我们过去的生活、成长和感情。一首老歌，就是一份记忆，就是一段往事，就是一片抹不去也忘不了的情感。听听曾经反复为之哼唱的老歌，品味曾经或欢喜或失落的情感，那样的情感或许我们此后的人生都不会再有，那个曾经与我们产生过交集的人，也许永远都不会再出现⋯⋯

人生有时需要这样一份永远不会褪色的美丽，好让我们在这个生活节奏无比之快的世界疾走时，还能有回头看看的欲望和念想。

所以，不开心时，听听老歌吧，让那些曾经熟悉的旋律抚平我们受伤的心，带给我们久违的温暖与感动；当心灵渐渐麻木时，听听老歌吧，让我们借着它重温过去的岁月，回忆起那些原本不该遗忘的美好，让我们重拾积极生活的信心和勇气；心情浮躁时，听听老歌吧，让我们的心回归平静，让我们重新发现生活中那些细微的幸福与美好。

可以翻翻过去的日记。

现在的人习惯在外人，甚至亲人面前将自己包裹得严严实实，自然找不到一个合适的出口来记录，或说宣泄自己的情绪。于是，日记就成了一个很好的听众，因为只有它可以保证永远不会主动向别人倾吐你的秘密。等时过境迁，岁月给

那些艰涩的往事笼上一层晕黄的暖光，让一切苦痛和不堪都
展露出生命的动人，你就会收获满满的幸福和满足。

所以，当忙碌一天后，当终于可以让自己的身心都放松下
来的时候，不妨找个专属于自己的空间，打开从前的日记
本，一页一页地翻看。从你还能找得到的最早的日记看起，
按照时间的先后顺序，一篇一篇，一日一日地翻看，让你
的心重沐年轻的永恒阳光，也再次淋淋那场青春的大雨。

日记里承载着你的喜怒哀乐，也记录了你的成长轨迹。就
像老狼在《恋恋风尘》里反复吟唱的那句："露水挂在发
梢，结满透明的惆怅，是我一生最初的迷惘。"你的日记
里，是否也藏着最初的惆怅，第一次的心动，抑或初次的
热泪盈眶呢？

最重要的是，当你把所有的心情都如同日记本的纸页一样
摊开来体会，全然地聆听自己心底的声音时，你才会遇见
那个完全真实的自己。也许你常常会觉得自己都不了解自
己的渴望和喜怒，那就去看看自己心底每个角落的风景，
听听自己心头每段枝丫的摇曳吧。也许你会从中更清晰地
看到自己的影子，或者说自己最渴望的样子。

看日记的时候，有兴趣的话，你也可以在每一篇的后面写

上你现在的心情，写上你新的感想和领悟。这样，等你下次再看时，又是一番有趣的滋味。

可以逛逛童年待过的地方。

成人的生活仿佛打印机打出的铅字，千篇一律。而每个人的童年时光，却是由不同的颜色和字体亲手写就的：有的是乡间弯曲的小路，开满鲜花的田野；有的是深幽的胡同，方方正正的四合院；有的是普通的小区，准确而生硬的门牌号码……但无论在哪，它们都是最令我们怀念的地方。

诗人木之在《河》里写道："那时，桥上的石头很暖；现在，水里的脚步很长。桥上的石头很暖，是因为一个叫童年的家伙，一直坐在那里；水里的脚步很长，是因为每一次回头，都是远望……"生活就是这样，只有童年一直坐着的那座小桥上才有温暖，而我们随着流水的脚步，只能一次次回头远望那最初，也最纯净的美好时光。

童年的记忆总是填满麦浪的香味，金色池塘的柔风，野花清晨奋力托起的露珠，填满对自然之美最真诚的爱；童年的记忆总是塞满伙伴天真的微笑，无邪的注视，温暖的身影，塞满最真诚的友情和欢乐；童年的记忆总是画满五颜六色的问号，千奇百怪的问题，听不懂的答案，画满对世界最真诚的好奇……然而这一切都在后来的日子中被现实压抑，甚至向着相反的方向发展：浮华的炫目将自然挤出我们的视线，我们对伙伴的注视从眼睛转向衣着，冷漠与无视将好奇之心冰封。

所以，无论是你自己或是和你的爱人、你的朋友一起再回到童年居住的地方看看吧。回去逛逛那些曾经玩耍过的田野或街道，回去看看那些曾经流连过的风景和心情，我们才不至于将童年赠予我们的所有纯真都遗失殆尽。

如果你已经有了孩子，而他又未见过你儿时住过的地方，那就更该带他去看看。看看那片生你养你的土地，看看你小时候和小伙伴经常玩耍的地方，你每次上学经过的街道，带他摸一摸你曾环抱过的大树，玩过的玩具……这样的分享和传承，想来要比钢琴课对他们更有吸引力，也更有教育的意义。

听听老歌，翻翻日记，逛逛故地……这是每个人都能轻松拥有的快乐满足，也是很多人都会轻易忽略的简单美好。对此，我们不置可否，因为我们哪有工夫去惋惜别人的粗心大意呢？在这段匆忙的旅途中，属于我们的旋律刚刚响起，属于我们的记忆恰好摊开，我们还是先顾着自己，去做这件让自己心有所依的，有温度的事吧。

乐活族：三个窍门绿化你的生活

无论是谁，总有权抓住快乐，为着一生中些微的，可遇不可求的快乐，牺牲其他，也值得原谅吧。

——（中国）鲁迅

乐活族又称洛哈思主义，是一种西方传来的新兴生活理念，由"LOHAS"音译而来，LOHAS 是英语 Lifestyles of Health and Sustainability 的缩写，意思是用健康的，可持续的方式来生活。它是一种更贴近生活本质和我们内心需求的，自然、精致的生活态度。

乐活族并非是没心没肺地追求自我和快乐，他们只是比一般人更懂得如何裁剪、浇灌自己的生活，好让它如自己对这个世界的热爱一般，常开不败。所以，就让我们一起来学学他们绿化生活的三个小窍门吧。其实，你也可以是个"乐活族"：

首先，及时清理你的物品，也及时打扫你的心地。

问问自己：你的房间是什么样子的？干净整洁还是凌乱不堪？相信有些女孩子一定有过类似的体验：乱七八糟的衣

服杂物堆满了整个房间，等到要用的时候，需要花很长时间到处翻找，等到终于找到，人已经精疲力竭了，随之而来的还有莫名的烦躁情绪——有时甚至恨不得将一屋子的东西都扔出去。所以，为了让自己心情愉快也好，为了给自己一个清爽的生活环境也好，我们都有必要定期整理一下自己的物品，把那些没用的旧物丢掉。

但是，有许多人会有这种想法："我的很多东西虽然现在暂时用不上，但是说不定以后还可以用，所以我要留着。"许多在大城市独自打拼的女孩子，穿旧的衣服、鞋子不舍得丢，也不想送给别人，所以都塞到了衣柜里。很多没有用完的化妆品，瓶瓶罐罐都堆在浴室。还有一些乱七八糟的杂物都堆满了房间的每个角落。朋友来玩时甚至都找不到一个舒服的地方坐。然而，等到搬家时，她们却没法带那么多东西去新居，最后不得不把许多没机会用到的东西处理掉。这时她们才会小后悔一下：当初还不如早点整理一下，让家看上去清爽干净一些。

所以，乐活族的首要任务就是学会"取"和"舍"。整理旧物除了可以给我们一个整洁的环境，一个好心情，还能帮助我们逐渐形成一种积极的、健康的人生观："旧的不去，新的不来。"人生有时就是这样，不得不学会舍得和放弃。不只是对陈年旧物，对生活中许许多多的东西都是如此。但往往就在你真心放下的那一刹那，天空都会变得清澈起来。

其次，养点绿色植物，把春天搬到房间里。

据统计，现在的人类有90%的时间是在室内工作和生活的。在人类的生存空间不断遭受各种污染威胁的今天，在我们失去了从自家门口仰望夜空星罗棋布的今天，如何才能保护自家这个仅存的惬意空间呢？最简单也最健康的方法就是养一盆有生命的植物，为家里增添些许绿意和春色。

也许这不仅是出于健康的考虑，也可以作为一种爱好，因为每种花草，都有专属的语言和含义。你可以选择在工作的办公室或在家居的客厅或卧室都行。选择品种之前，先了解一下各种植物的特点吧。大部分植物都是在白天吸收二氧化碳释放氧气，在夜间则相反。但仙人掌、景天、芦荟和吊兰却可以全天吸收二氧化碳释放氧气，而且存活率较高。

特别提醒一下，植物在光的爱抚下光合作用会加强，释放出比平常条件下多几倍的氧气。所以，要想尽快地驱除房间中的异味，可以用灯光照射植物，让房间有更多的氧气，也让自己的心多点清新和开朗。

再次，用心装饰你的卧室。

除了工作场所，一天中还有一个地方我们会待很长时间。这个地方的环境如何，可以直接影响我们的心情，甚至第二天的精神状态，这个地方便是我们每晚睡觉的卧室。每个人应该都想有个温暖的"安乐窝"吧，而且它不该只是我们睡觉的地方，它也是伴随我们成长的一个小天地，是我们心灵的避风港。开心时，我们可以叫好友来，吃点零食，听听音乐，说说彼此的心事；不开心时，也可以选择一个人，不受外界干扰地舔舐自己的伤口，消化自己的难过。

所以，我们不妨找个时间，把它好好装饰一番。怎么装饰完全随你自己的喜好，你可以事先在心里勾画一下，画个草图。如果你觉得自己没什么主意，也可以向专业设计师咨询一下，或者听听朋友的意见。总之，只要你真心愿意去做一件事，难题其实已经被解决一半了。

也许你并不想弄得太复杂，只是想简单装点一下，自己觉得舒服，看起来比较温馨自然就行。比如买一个波西米亚风格的窗帘，当早上起来，打开窗户的那一刻，阳光透过迷幻而自由的色调映入眼帘，顺便裹挟着明媚的暖意，这将是多么美妙的一天呢！你也可以买一些鲜花在床头，或者把比较满意的照片贴在卧室的各个角落，每天睡前和起床后都能看到自己甜甜的笑容，就像幸福在向自己招手……

如果你喜欢传统文化，就挑选一幅意蕴深远的字画，挂在床头。如果你喜欢精致的小饰物，那就挂一串风铃或者手工灯笼在门帘处。如果你喜欢布偶玩具，也可以买一些玩偶摆在床头，让你的房间看起来更加温馨。

还有一个细节别忘了，铺一床漂亮的被单，会让卧室增色不少。被单的颜色最好选择和卧室的颜色基调一致，这样看起来比较和谐，至于花色什么的，就完全取决于你自己的喜好了。

除了以上三个小窍门之外，懂得乐活之道的朋友也可以总结一些专属于自己的小"秘方"。总之，生活有时就像我们的情人，你对她多动点心思，她就会对你回以最迷人的微笑。

用细微的心去看世界

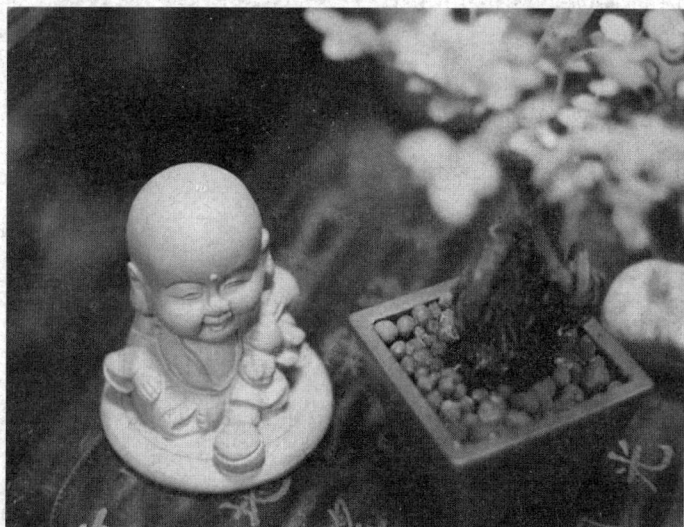

自心晴朗，则世间妩媚

己心妩媚，则世间妩媚，这样的女人，即便独自跳着芭蕾，相信天地也会为之倾倒。

——（中国）王珣

曾几何时，在"小资"圈子里流传着这么一段话："我有一个愿望：一个不大不小的家，一扇大大的落地窗，闲暇时斟一盏清茶，枕一床摇椅，随手翻几页旧书，无思无想无欲无念地慢慢消磨半日时光……"可惜，现在"一个不大不小的家"都要上百万，更不用说带落地窗的了，有多少人能负担得起这样的怡然自得呢?

仔细想来,这样的梦想可能并不是"小资"的专利,曾经的我们也幻想枕着海浪与涛声入睡,在风语和鸟鸣里悠然醒来——那该是怎样的一种明净透亮的生活呢?没有丝毫杂质,只有如水般淡然的清澈温暖。可如今,令人讨厌的现实却是:我们枕着嘈杂的车水马龙声入睡,在锅碗瓢盆的交响曲中烦躁而无奈地醒来。我们喊累,可生活千钧,我们略一松手就可能被它压垮;我们想逃,可红尘万丈,我们又能往哪逃……

对此,再高明的解释和宽慰都不能带来实质性的改变,毕竟,美丽的言语虽然有洗涤人心的效果,但生活的尘垢却纷纷扰扰,无穷无尽……渐渐地,我们就在这样混沌而无望的时光里,一点点耗尽了心底所有的热情和光明,最终对自己和周遭的世界,彻底失去信心。

而幸福,从来不会光顾一颗落满尘埃、一片荒芜的心。

面对这样看似无解的困境,我们是否连"困兽犹斗"的信心都没了呢?别急,佛门有一则小故事,也许能给我们一点启发:

有位虔诚的佛教信徒，每天都从自家的花园中采撷鲜花到寺院供佛。一天，当她送花到佛殿时，碰巧遇上无德禅师从法堂出来，无德禅师非常欣喜地说："你每天都这么虔诚地以鲜花供佛，根据佛典记载，常以鲜花供佛者，来世当得庄严相貌的福报。"

信徒非常高兴地回答："我每次来您这里礼佛时，觉得心灵就像被洗涤一样的清凉。但一回到家中，琐屑的事情太多，实在令人心烦。禅师，作为一名家庭主妇，我如何才能在喧嚣的尘世中保持一颗清凉纯洁的心呢？"

无德禅师笑笑，反问道："你以花礼佛，对花草总有一些常识，我现在问你，你如何保持花朵的新鲜呢？"

信徒答道："保持花朵新鲜的方法，莫过于每天换水，并且在换水时把花梗剪去一截，因为这一截花梗已经腐烂，腐烂之后水分不易吸收，花就容易凋谢！"

无德禅师说："保持一颗清凉纯洁的心也是这样啊，我们生活的环境就像瓶中的水，我们就是花，唯有不停净化我们的心灵，改变我们的气质，不断地忏悔、检讨，改正缺点，才能不断汲取来自大自然的新的养分啊！"

信徒听后，欢喜地作礼谢道："谢谢禅师的开示，希望以后有机会亲近禅师，过一段寺院中禅者的生活，享受晨钟暮鼓，菩提梵唱的宁静美丽。"

无德禅师说道："世间最美皆由心生，你的呼吸便是梵唱，脉搏跳动就是钟鼓，身体便是庙宇，两耳就是菩提，无处不是宁静，又何必要到寺院中生活呢！"

无德禅师的话仿佛一泓清新的山泉，无声无息地浸润着我们的心田。的确，就算这个世界有再多的纷扰与尘埃，只要我们珍视自己——这簇茂盛的花蕊，时时除污、改过、修剪、忏悔，终能于滚滚红尘里常开不败。

更重要的是，当我们把注意力从外界的纷扰转向内心的修行时，我们自然会慢慢看见一片更广袤的天地：原来，这里——我们的内心，才是一切答案的源头活水，不管是尘世的幸福快乐，还是佛门的般若菩提，都只生长于我们的心底！

是啊，为什么蜗居就无法享受半日惬意的闲暇呢？为什么车水马龙声里就没有清澈的安宁呢？为什么我们要给那些简单的快乐附加那么多条件呢？看清一本书上的字并不需要满满一落地窗的光亮，听清一段动人的旋律也不需要整个世界的安静。通往幸福的那条长路，虽然有现实的绊脚石，但真正挡住我们去路的，却是自己心头的障碍！

克里希那穆提在演讲时曾有一个女孩问了这样一个问题："一个人为什么希望有伴侣？你能否在世上独立生活而没有丈夫或妻子、没有孩子、没有朋友？"他的回答是："单独生活需要极大的智慧和勇气。我们大部分人只把我们的信心放在一件事情上面，把所有的鸡蛋放在一个篮子里面，离开了我们的伴侣，生活就不再丰富，离开了家庭，我们就失去了作用。但是如果一个人的内心是丰富的，那么伴侣关系就变成次要的事了。"其实，我们并非真要舍弃伴侣和其他亲密关系，我们要做的，是找到除此之外，还能让自己在这个红尘俗世，安身立命的东西。

而这种东西，就埋藏在我们每个人的心底。

就像王珣在《遇见懂爱的自己》里说的："己心妩媚，则世间妩媚，这样的女人，即便独自跳着芭蕾，相信天地也会为之倾倒。"其实，不仅是女人，任何看得见自己心头的清澈明朗的人，都能将自己周遭的世界，变成一个不一定很大，却刚好适合自己的舞台，任自己在其中轻灵曼舞、兀自翩跹。

最后，让我们将自己的眼睛和心灵一起洗洗干净，重新审视一下周遭的世界。也许你会蓦然发现：原来，一本书就是一个恬然的午后，一首歌就是一个静谧的夜晚，一颗晴朗的心，就是一整个妩媚的人间！

你，永远比自己想象的更美丽

我是秋云，空空的，不载着雨水；但在成熟的稻田里，看见了我的充实。

——（印度）泰戈尔

在光怪陆离的物质世界，人们追名逐利，流连于声色犬马，不知不觉中就开始晕眩，甚至迷失自己。于是，人们开始忘记自己的存在，忘记对自己的肯定和关心。虽然一个人自身的存在和价值唯有通过具体的"身外之物"才能得以证明，但是如果把证明的手段当作了证明的目的，而全然忘了要证明的恰恰是"你自己"，就会变成没有目的的证明，就会使我们迷失自己。

"你自己"才是你要证明和追求的出发点和目的地。一位著名作家曾经这样说过："我必须认识我自己，洞察自己那秘密的心灵，这样我便能抛弃一切恐惧和不安，从我物质的人中找出自信，从我血与肉的具体存在中找到我抽象的实质，这就是生活赋予我的至高无上的神圣使命。"

当然，我们不见得要像哲人一样那么深刻地认识自己、了解自己，但至少，我们不该因为不了解自己，就恣意否定自己，打压自己。其实，很多时候，你比你想象的要更美丽！

也许很多人都有找路边画师为自己画像的经历，但你有没有想过，请画师画出朋友眼中的你呢？近来，微博上流传着一个颇令人深思的视频。视频的开端是一段文字，称女性总是对自己很挑剔，甚至是苛刻。所以世界上只有4%的女性对自己的样貌感到自信。于是，来自 FBI 的职业画师做了一个实验：他根据实验对象对自己的描述，以及其朋友的描述分别作画，看看你眼中的自己和别人眼中的你究竟有多大区别。

短片一开始，一位中年男士端坐在沙发上："我叫吉尔，是一个人像画师，从 1995 年到 2011 年为 FBI 工作。这一次，我的模特不是犯罪嫌疑人，而是生活中最普通的女性。"

实验的上半部分，一名中年女性被带到吉尔的画室，但只看到一个人背对着自己，面前还有一个画板。画师与模特们中间隔着一个白色布帘。"我们看不见他，他也看不见我们。"这名"模特"这样描述。

吉尔不是通过眼睛，而是通过提问来作画："请描述一下你的头发。"肖像画就这样开始了，画师的笔开始在画布上游走。而坐在帘子后面的女士则不明所以，在画师问过几个问题后，才意识到这是在作画。

"请描述一下你的下巴。"

"稍微有点弧形，尤其当我笑起来的时候。"

"你的下颌呢？"

"我妈妈说过我的下颌很大。"

当问到自己外貌最不满意的一点时，每个人都有不少："我有一张又圆又胖的脸。""随着年纪越大，脸上的皱纹也越来越多。""我的额头太大。"

吉尔画完之后说声谢谢，模特们就直接离开。接下来他要开始实验的下半部分。

吉尔找来了模特们的朋友，同样让他们坐在帘子的后面，描述他们眼中的这位朋友。

"她很瘦，她的下颌很漂亮。"

"她的眼睛很漂亮，每当她说话的时候，眼睛就好像在发光。"

"她有漂亮的鼻子，蓝色的眼睛。"

朋友的描述几乎全部与模特本人大相径庭。

接下来，吉尔便带着模特来到两幅看起来像一个人，但神态、情绪完全不同的肖像面前。"这是根据你的描述，我画出的你的肖像，这张是根据别人的描述画出的你的肖像。"

这是模特们完全没想到的，"这张看起来有点自我封闭，有点难过的样子，还有点胖；第二张看起来就更开朗、更加友好、更快乐的样子"。每个人都长久地站在自己的两幅肖像画前注视着，情绪复杂，百感交集。

在短片的结尾，一个曾经抱怨自己外貌的女性感叹："我应该感谢上天赐我的这幅容颜，它能影响我们交朋友找工作，以什么样的方式对待孩子，它甚至影响了我生命中所有事情。没有什么比这个对你的幸福更关键的了。"

这时，吉尔问道："你认为你比自己所描述的更漂亮吗？"

她肯定地点点头："是的！"

"我们花了太多的时间，企图去修饰已经很完美的东西，我们应该花更多的时间来欣赏我们真正热爱的事情。"这是模特们从中的收获，也是网友们感动的地方。女孩子们纷纷将这个视频转发给身边的好朋友，并留言道："自信才令自己更美丽，转给自己，也转给身边的你们！""我们每个人都是最完美的，何必去加无谓的装饰，在爱我们的人眼里，我们都无可替代！""视频里说的没错，我们花了太多时间企图去修正本来很完美的东西，却忽略了更美好的事情。肥胖又如何，单眼皮又如何，矮个子又如何，我们照样可以让自己成为自信的受欢迎的人！"网友们不断重复片中女士的这句话："我们应该花更多时间来欣赏我们真正热爱的事物。"

的确，认识你自己并非多么深奥的哲理，也不需要多么智慧的头脑，你要做的，可能只是从相信、肯定自己开始，做最好的自己，最自己爱做的事，这就是几千年前苏格拉底的那句"认识你自己"在今天的最好诠释。

换个文艺些的说法，恰是泰戈尔的那句暖暖的小诗："我是秋云，空空的，不载着雨水；但在成熟的稻田里，看见了我的充实。"你是否，也看见了自己的美丽与成熟呢？

小确幸：触手可及的微幸福

没有小确幸的人生，不过是干涩的沙漠罢了。

——（日本）村上春树

你是不是总在埋怨自己的贫困潦倒，羡慕别人的汽车洋房？总在感叹别人的幸福唾手可得，而自己的幸福却遥不可及？又或者你已经拥有了不菲的身家，却依然感觉幸福与自己就像两条平行线之间的距离，贴近却永无交集？这世间，美好的东西多得数不过来。可我们为何还是这么的不快乐？

其实，每个人的人生旅途都是大同小异的，无非生老病死、吃喝拉撒、衣食住行、求学工作、结婚生子……然而，就在这十分相近的旅途中，每个人却都收获了完全不同的风景和心情。有些人觉得幸福，希望永远这么走下去，有些人却觉得不幸，奢望回到某条岔路口，重新选择。但是，真正的幸福，或说我们心里的幸福感，并不是由那些大的词汇、大的概念、大的选择和方向所决定的。戴尔·卡耐基曾说过："幸福与不幸福，并不是由个人财产的多寡、地位的高低、职业的贵贱决定。"也许，那些觉得不幸福的人，只是没发现藏在生活每个角落和细节里的"彩蛋"而已。

追求幸福的道路只有一条，那就是低头，认真地翻检自己的生活，看看那表面的芜杂纷乱下，究竟藏着哪些暖人的"小确幸"。"小确幸"就是微小而确实的幸福，出自村上春树的随笔集《兰格汉斯岛的午后》。那我们的生活中，有哪些感觉算得上"小确幸"呢？这个因人而异。村上春树说他自己选购内衣，并把洗涤过的洁净内衣卷折好整齐地放在抽屉里，就是一种属于他的"小确幸"。

所以，学会用欣赏和快乐的眼睛看待你身边的一切，你的工作，你的家人，你的朋友，你享受的每一缕阳光，每一口清新的空气，你穿过的每一件衣裳，你收藏的每一张相片……你会发现一切都是那么的美好，一切都是"虽然微小"，却又令你感到"确实"的。它们不是别的，正是你在生命中触手可及的微幸福。

是的，幸福就在你身边，有亲人和乐融融是幸福，有爱人相伴一生是幸福，有朋友嘘寒问暖是幸福；工作一天回家和家人吃上一顿可口的饭菜是幸福；炎炎夏日喝上一杯清茶是幸福，冽冽冬日喝上一杯热咖啡是幸福；看到路边的小花绽放是幸福，看到小树苗吐出绿芽是幸福……

我们缺的不是幸福，也不是获得幸福的能力。因为幸福不是一种物品或技能，它只是一种习惯。

我们习惯忙碌，习惯焦虑，习惯迷茫，却为何从不习惯幸福呢？

德国专家的一个研究结果可能会给我们带来更直接的提醒，调查数据显示：在表示自己生活幸福的人群中，64%的人称自己习惯和配偶、朋友、家人在一起，50%的人认为阳光和爱人的吻让生活"与众不同"；而很多感觉不幸福的人则将自己的大部分时间花费在电脑游戏和应酬上，其中69%的人沉迷于上网，45%的人喜欢看电视。研究结果表示：人之所以感觉幸福并非偶然，生活中的许多细节或者个人的生活习惯很大程度上决定了人是否感觉幸福。

或是因为生活的忙碌，或是自己的粗心大意，许多人渐渐养成了疏离和冷漠的习惯，也在有意无意间遗漏了很多原属于自己的幸福。在这些遗漏的美好里，有些我们可以挽回，而有些，却永远也无法挽回了。

一位女作家在文章中讲过这样一个故事：

她出差两周后回到家，发现家里一切都乱糟糟的，她顾不上旅途的辛劳，挽起袖子就干起家务来。两个钟头之后，家里的一切都井井有条了，鱼缸里浑浊的水也换了。儿子放学回到家，直奔鱼缸而去，看着新换的清水，急着问妈妈："原来的水呢？她说："倒水池了……"没想到儿子听后突然号啕大哭起来。她慌了，说："你哭什么？7条鱼，一条也不少哇。"儿子继续号啕大哭着说："有一条鱼，生了5条小鱼……很小很小的……你都给倒了！"女作家一下子傻了眼。在她出差之前，有一条热带鱼的肚子明显地鼓了起来，她跟儿子说："这条鱼快要做妈妈了呢！"哪知道，那刚刚诞生的小生命竟被自己粗心地"杀害"了。

所以，我们都要留心生活中的每一个细节，不要因为自己一时的疏忽，就错过了那些再也无法挽回的事物。

有一篇《健康快乐的秘诀》的文章里提到很多值得大家借鉴的，珍惜小确幸的方法，也许你也可以从中找到适合自己的几个：

1. 做一做那些你想做却没时间做的事情。

2. 给一个疏于联络的老朋友打电话。

3. 用记忆中快乐的片断来代替不愉快。忘记过去某个时段让你不快的某个人或某件事。

4. 与一个闷闷不乐的人共读一则笑话。

5. 尽量与你的家人和朋友在一起。

6. 多赞美别人，因为这可能是他最需要的礼物。

7. 当你发现做错了事情时立即道歉，道歉不是弱小的表现，而是勇气的象征；也不要自夸，如果你做了好事，最终会有人发现。

8. 试着去理解一些与你的想法迥异的观点。

9. 放松，当你想发脾气的时候，告诉自己这件事情可会影响你一个星期。当有人开你玩笑时，记得自己要笑得最响亮。

10. 不要对一个孤注一掷做事的人说泄气话。

11. 读一本好书，扔掉那些坏书。

12. 好好照料自己。对食物有所选择会让你感觉更好，外表也会更美观。

13. 还掉你借的书，整理衣柜中的衣物。

14. 把抽屉里的照片取出来，装入影集。

15. 不要害怕说"我爱你"——因为这是世界上最美丽的语言。

人生充满了琐碎的烦恼，也充满了细微的幸福。生活本身就是由一件件琐碎细微之事连缀而成的，在这根线上的点点滴滴都构成幸福的纽扣。细细摩挲你身上的纽扣吧，它们扣起的，保护的，温暖的，是你自己的生活。

爱就在眼前，不错过一次擦肩

当爱神拍你的肩膀时，就连平日不知诗歌为何物的人也会在突然之间变成一个诗人。

——（古希腊）柏拉图

从前，有一座圆音寺，每天都有许多人上香拜佛，香火很旺。在圆音寺庙前的横梁上有只蜘蛛结了张网，由于每天都受到香火和虔诚的祭拜的熏陶，蜘蛛便有了佛性。经过了一千多年的修炼，蜘蛛佛性增加了不少。

忽然有一天，佛陀光临了圆音寺，看见这里香火甚旺，十分高兴。离开寺庙的时候，不经意间看见了横梁上的蜘蛛。佛陀停下来，问这只蜘蛛："你我相见总算是有缘，我来问你个问题，看你修炼了这一千多年来，有什么真知灼见。怎么样？"蜘蛛遇见佛陀很是高兴，连忙答应了。佛陀问它："世间什么才是最珍贵的？"蜘蛛想了想，回答道：

"世间最珍贵的是'得不到'和'已失去'。"佛陀点了点头，离开了。

一晃，两千年过去了。有一天，刮起了大风，风将一滴甘露吹到了蜘蛛网上。蜘蛛望着甘露，见它晶莹透亮，很漂亮，顿生喜爱之意。蜘蛛每天看着甘露很开心，它觉得这是两千年来最开心的几天。突然，又刮起了一阵大风，将甘露吹走了。蜘蛛一下子觉得失去了什么，感到很寂寞和难过。这时佛陀又来了，问蜘蛛："蜘蛛，这两千年，你可好好想过这个问题：世间什么才是最珍贵的?"蜘蛛想到了甘露，对佛陀说："世间最珍贵的是'得不到'和'已失去'。"佛陀说："好，既然你有这样的认识，我让你到人间走一遭吧。"

就这样，蜘蛛投胎到了一个官宦家庭，成了一个富家小姐，父母为她取了个名字叫蛛儿。一晃，蛛儿长到十六岁了，已经是个婀娜多姿的少女了，长得十分漂亮，楚楚动人。

这一日，新科状元郎甘鹿中士，皇帝决定在后花园为他举行庆功宴席。来了许多妙龄少女，包括蛛儿，还有皇帝的小公主长风公主。状元郎在席间表演诗词歌赋，大献才艺，在场的少女无一不被他吸引。但蛛儿一点也不紧张和吃醋，因为她知道，这是佛陀赐予她的姻缘。

过了些日子，说来也巧，蛛儿陪同母亲上香拜佛的时候，正好甘鹿也陪同母亲而来。上完香拜过佛，两位长者在一边聊天。蛛儿和甘鹿便来到走廊上聊天，蛛儿很开心，终于可以和喜欢的人在一起了，但是甘鹿并没有表现出对她的喜爱。蛛儿对甘鹿说："你难道不曾记得十六年前，圆音寺蜘蛛网上的事情了吗？"甘鹿很诧异，说："蛛儿姑娘，你漂亮，也很讨人喜欢，但你的想象力未免太丰富了一点吧。"说罢，和母亲离开了。

蛛儿回到家，心想，佛陀既然安排了这场姻缘，为何不让他记得那件事，甘鹿为何对我没有一点感觉呢？

几天后，皇帝下诏，命新科状元甘鹿和长风公主完婚；蛛儿和太子芝草完婚。这一消息对蛛儿来说如同晴天霹雳，她怎么也想不通，佛陀竟然这样对她。几日来，她不吃不喝，苦苦思索，灵魂即将出壳，生命危在旦夕。太子芝草知道了，急忙赶来，扑倒在床边，对奄奄一息的蛛儿说道："那日，在后花园众姑娘中，我对你一见钟情，我苦求父皇，他才答应。如果你死了，那么我也就不活了。"说着就拿起宝剑准备自刎。

就在这时，佛陀来了，他对快要出壳的蛛儿的灵魂说："蜘蛛，你可曾想过，甘露（甘鹿）是由谁带到你这里来的呢？

是风（长风公主）带来的，最后也是风将它带走的。甘鹿是属于长风公主的，他对你来说不过是生命中的一段插曲。而太子芝草是当年圆音寺门前的一棵小草，他看了你两千年，爱慕了你两千年，但你却从没有低头看过它。蜘蛛，我再来问你，世间什么才是最珍贵的？"

蜘蛛听了这些话后，好像一下子大彻大悟了，她对佛陀说："世间最珍贵的不是'得不到'和'已失去'，而是现在能把握的幸福。"刚说完，佛陀就离开了，蛛儿的灵魂也回位了，她睁开眼睛，看到正要自刎的太子芝草，她马上打落宝剑，和太子深情地拥抱着……

世间最珍贵的不是"得不到"和"已失去"，而是"现在能把握的幸福"。而这幸福，也许是在你身旁守候了几千年的因缘，也许是短短一瞬的擦肩。一个人越是懂得去珍惜那些常人看来不值得珍惜，或者根本不会注意到的东西，他就越是懂得珍惜自己、珍惜家人、珍惜人生。而一个人只有真正懂得了珍惜，才能真切而完整地享受到那"现在能把握的幸福"的所有滋味。

佛陀曾说："前世五百次的回眸才换来了今生的一次擦肩！"古人也说："十年修得同船渡，百年修得共枕眠。"我们身边的一切都值得我们好好珍惜，妥善收藏。不仅仅是珍惜自身、更要去珍惜他人、珍惜身边的每一件东西、每一件事物，即使它现今已变得残旧或者失去了有用的价值，但依然不要随便丢弃它，因为在你情绪低落，或是陷入人生低谷时，它兴许就会突然冒出来，给你一点指引，或是真实的帮助。

把身边的一切，都当成是那株守候了你两千年的小草，你才能真切地体悟当下的一切因缘奥妙，收获人生的曼妙美好。

女神速成秘笈：宽心与自爱

宽恕和爱是比失忆更有效的忘情药。

——（中国）素黑

在紧张的工作下，你是不是又没有按点吃饭，按时睡觉，甚至屡次顶着黑眼圈素颜出现在办公室呢？你的家是不是一团乱麻，杂乱无章，漂亮的衣服在角落里孤独地堆着呢？你是不是心情不好时无限制地放纵自己，而且情绪波动极大，甚至出现失眠、焦虑的症状呢？你是不是已经习惯了夜猫子的生活，将大把的休息时间交给网络，而你的网络生活又仅仅局限于网聊、网购、看电影或者看着网页发呆呢？你是不是很久没有看新闻、看书，甚至最爱的女性杂志也难得翻阅了呢？你是不是已经很久没有静静地坐在书桌前写写日记，是不是已经疏于整理自己的工作、生活和情感，总是过成什么样算什么样呢……

其实，这些问题都是在提醒女人：你爱自己吗？你爱自己的身体？自己的健康？自己的容貌？自己的家庭？自己的感情吗？你现在的生活是否规律？你的身体是否健康？你的心情是否平稳？你的态度是否乐观？你对生活是否积极？你是否要求上进？你是否追求更好？如果这些问题中的很多都存在疑问，那就从现在开始好好爱惜自己。如果你都不爱惜自己，你还奢望谁会比你更爱自己呢？

俗话说"身体是革命的本钱"，即使你拥有整个世界，可是如果你没有健康的身体，一切都归于零。女人的生理结构和身体素质强烈要求她们要好好爱惜自己的身体。正常的工作日，压力很大，事情很繁琐，很多职场女人总觉得时间不够用，所以只有对吃饭、睡觉的时间狠下杀手。家庭主妇的时间相对宽松，可宽松的生活也没有给她们提供很好的饮食和睡觉习惯，因为琐碎、空虚和无聊也把享受吃饭、睡觉的时间吞噬。各位女性，不管你是什么状态，都一定要记得准点吃饭，按时睡觉。不要随意地对付自己的早餐，一天之中，早餐最重要，好好爱惜自己的胃吧，空闲的时候就给自己煲个靓汤，给自己准备足够的牛奶、面包、水果和蔬菜。如果可以，学做一手好菜，保证让你的魅力增色不少。

女人不仅要在饮食上好好爱惜自己，更要注意自己的睡眠。现代女性的睡眠似乎也出现了两极分化：一些人的睡眠时间严重不足。她们要么忙于工作应酬而无法保证足够睡眠；要么对夜生活无比钟爱，不到酒吧、迪厅、夜市玩到深夜是坚决不回家的；要么下班回家无比空虚，所以在网络中游荡，而网络就像一个吞噬时间的黑洞，只要一在电脑前坐下，时间就偷偷溜走。当时针毫不留情地指向零点，很多女人的睡眠时间就被无情挤占。还有一些人的睡眠时间是泛滥的，好像活着就是吃饭睡觉一样，经常睡得天昏地暗，没有任何锻炼，脸色还是极差。由此说明女人应该合理地安排自己的睡眠，不能太少也不能太多，基本的 7 至 8 个小时一定要保证，但也不能超过 10 个小时。女人好好享受自己的睡眠，在适当的时候学会拒绝，学会抗拒人的惰性，学会走出家门去锻炼吧。

女人最好的保养品就是睡觉和饮食，如果你把这两者丢掉，你不仅丢掉了美丽，你更丢掉了健康。如果你健康都没有了，你还能工作吗？所以不管是工作还是不工作的女人，一定要好好爱自己的身体。

我们需要物质上的富足，也同时需要精神上的。拥有了姣好的容貌，健康的身体，让女人"物质"上富足，但不会让女人"精神"上富有。女人爱自己的表现还体现在注重自己情绪的调整，注重情感的丰富，注重个人修养的提高，学会爱自己爱别人。

不要为任何人任何事折磨自己，如，不吃饭、无休止地哭泣、自闭、抑郁，这些是傻瓜才做的事情，万一脆弱得不行了，请选好哭泣的对象，不要随便借肩膀和胸膛；不要贪慕虚荣，虚荣是毒药，容易上瘾；不要郁闷就去泡吧，一个女人独自拿着高脚杯会徒增寂寞和感伤。

如果男人以忙为理由不来探你的病，不回你的邮件，不关心你的现状，不能和你承担生活的负担，无法给你勇气，那么请你勇敢点，自动离开，不懂得疼惜你的男人不要为之不舍，没有什么比关心自己更来得实在；也不必为了忘记这个人而选择消失或者关机，爱或者不爱都要继续生活。

如果可以，尽量留长头发，短发容易打理，但是缺少女人味；学会化淡雅的妆，懂得什么场合穿什么衣服；有时间好好整理自己的屋子，买点鲜花或者香薰，让自己感觉愉悦；放假时邀上几个好友一起去旅游，让心灵充实起来；任何时候都不要在背后说人是非，如果一定要说，请说好话；独自一人时常去书店逛逛，看什么书不重要，只要能使自己安静下来坚持看；周末的时候学着做各种美食，逛街时淘适合自己的衣服，有空练练瑜伽或者打打球；上网的时候关注时事新闻，夜深了写写日记整理下自己的心绪。

不要为了男人用任何方式虐待自己，你还有很多人值得爱，有空的时候给爸爸妈妈及其他家人打打电话，他们需要你的问候，需要知道你的消息；有几个好朋友，在你需要的时候他（她）们会及时出现，在你不需要的时候也不要忘记联络感情。不论是谁，都少不了亲情、友情和爱情，所以不要荒废任何一个，他们是让你生活更加美好、多彩的条件。

好好去爱自己吧，爱自己的身体，爱自己的健康，爱自己的生活，爱自己身边的人，因为懂得爱自己的女人最美，懂得微笑着让自己的每天开心满足的人，才会成为别人心中的"女神"，成为人生的赢家。

生病，恰是通往幸福的捷径

人生了病，会变得更有人情味一些。

——（中国）周国平

虽然我们都明白，幸福生活离不开一双善于发现美的眼睛，但在忙碌的工作和学习里，谁还在意什么美不美呢？我们更关心的是舒不舒服，省不省力，赚不赚钱吧。其实，只需问自己一个问题，我们就会发现自己的生活是多么匆忙而昏沉：有些窗口也许你已经倚靠过无数次了，或是办公室走廊，或是自家阳台，或是一辆经常乘坐的公交，但此刻的你，闭上眼睛，能回忆得起那些窗口的风景吗？除了一两个明显的地标，你还记得那片围墙上的植物开着什么颜色的花吗？你还记得经常有哪些人往来于那条小路吗？你还记得上次待在那个窗口时的心情吗？如果你清晰地记得那些细微的事物，并在回忆的时候嘴角自然而然地扬起微笑，那么恭喜你，你永远不会被这个匆忙的时代所淹没，因为你的心和眼睛，足够敏锐，足够清澈；如果你已经记不清那些场景，只是依稀觉得既熟悉又陌生，那么也不用遗憾，因为绝大部分人的生活，并不比你的更加清冽透亮。

也许，只有当一些突来的变故粗鲁地打断我们的紧张和忙碌时，我们才会被迫着去发现身边那些细小的事物，发现美，也发现自己。这些变故里，生病算是最常见，也最不受人欢迎的了吧。我们习惯称它为"病魔"，却不曾想过，一个人若是真的能安心在病床上躺个十年半载，他成"佛"的机会反而要比一般人大得多。当然，成佛与否并不是我们关心的，我们关心的，是发现并获得幸福的能力。而这种能力，卧病在床的人也似乎比健康之人更容易拥有。

生病是很奇妙的事，它在困扰、折磨我们身体的同时，也让我们有机会从那些琐碎的事情里抽出身来，把时间和精力全部集中到自己身上。它给了我们认识自己、尊重自己、直面自己的机会，最重要的是，它让我们学会了拉低角度，放慢节奏，重新评估自己的生活和生命。

你是否也有过生病后一个人静静地躺在床上的时候呢？你还记得那种感觉吗？我们仿佛突然具备了猫一样敏锐的感知能力，我们能听见自己的呼吸、心跳，钟表指针的震动、衣服的摩擦，不远处孩子的嬉闹追逐，还有远处汽车的鸣笛声；我们注意到不知何时落在床头的一根头发、书桌上一只忙碌却似乎找不到方向的蚂蚁、窗外柳叶在雨后的风中摇曳时的水润光泽……这些细微的事物仿佛一串串柔软的钥匙，为我们打开了另一个世界的大门，虽然这个世界，一直就潜伏于我们看似枯燥的生活中。我们的心也似乎为这个"新世界"变得柔软而敏感，只是这样的敏感不像那些神经衰弱的人一样，寝食不安，辗转反侧。正相反，它使得我们对周围的一切都放下了戒备，满怀爱意。带着这样的爱意，我们笃定而满足地进入了未曾有过的，深沉而香甜的梦乡。

除了变得敏感和知足，生病，尤其是大病一场，往往还能深刻地改变我们的人生观和世界观。有的人在病愈后立马从"肉食动物"变成了坚定的素食主义者；有的人则开始读佛经，看古书，每天给自己保留一段清净的时光；有的人更是干脆辞职旅行，去完成自己儿时的梦想……然而不管他们的选择在形式上有多么不同，在本质上，他们都是温习了一种最早被人学会，也最快被人忘记的能力，这种能力，叫珍惜——珍惜时光，珍惜生命，珍惜家人，也珍惜自己。

生病带来的这种变化还有一个很值得深思的特点，这就是：它不会区分穷人和富人，名人和大众。它对一切生灵都一视同仁。这就难怪著名的"诗人哲学家"周国平也会感叹："人生了病，会变得更有人情味一些的。一方面，与种种事务疏远了，功名心淡漠了，纵然是迫不得已，毕竟有了一种闲适的心境。另一方面，病中寂寞，对亲友的思念更殷切了，对爱和友谊的体味更细腻了。"是啊，不管你之前过着怎样的生活，拥有多少财富和名誉，生病之后，也都只是躺在床上的一个普普通通的"病人"，一样要被迫放弃原先的忙碌——不管你忙碌的是琐碎的端茶倒水还是几个亿的跨国项目，一样要学会从这漫长的百无聊赖中发现一些有趣的细节，学会静下心来反思从前的日子，反思自己的人生：想想自己打哪来，怎么走到了今天，明天又要去往何处……而这些问题，在我们以往的印象中，似乎是哲人先知和高僧大德们才会关心的吧。原来，那些问题并非玄虚的清谈，只是我们未曾亲手抚摸它们的动人纹理，亲耳听听它们的温暖呼吸而已。

回头想想，我们的视觉、听觉，甚至是禅师们所说的"悟性"，其实一直都是开启着的。而我们平时之所以看不到、听不到、发现不了美和幸福，只是因为我们的心实在是太嘈杂了，我们已经习惯了不敏感的、昏沉的生活方式，哪里还会注意到那些一直陪伴着我们的动人风景呢？

就让我们学会主动地营造那种内在的宁静吧，学会时常从那些昏沉与麻木中抽身出来，全然地感受身边的一切，用全部活力和生命力去聆听，在聆听里发现自己、释放自己、拥抱自己……最后，在这样的发现和拥抱里，收获源源不断的惊喜，和生生不息的幸福。

善用感恩力，谢忱世间的温暖

雨天为人撑伞，自心也会放晴

假如在你即将离开人世的时候，身边没有一个人紧紧握住你的手，这说明你在一生中未曾伸出友爱之手去帮助他人。

——（美国）巴斯凯利亚

"得到"和"失去"是一对调皮的孪生兄弟，在我们心头尽情纠缠、嬉闹，常常把我们搅扰得疲惫不堪。其实，他们也不见得就真的喜欢与我们为敌，也许，是我们自己没有看清他们的真实模样。有人说："小孩子掉眼泪多是因为得不到，大人掉眼泪多是因为失去了。"然而，在这中间一段，叫作成长的岁月里，是什么让我们擦去了小孩子的泪水，又是什么让我们盈满了大人的眼泪？我们是如何得到了心中想要的一切，又是如何亲手将它遗失？

先来看个故事：有位青年厌倦了平淡的生活，他觉得现在的一切只是无聊和痛苦罢了。为了寻求刺激，他参加了一个挑战极限的活动。活动规则是：一个人待在山洞里，无光无火无粮，每天只供应 5 公斤的水，就这样在山洞里待上 5 个昼夜！

青年踌躇满志，第一天，兴奋的青年没感觉到不适，反而颇觉刺激。

第二天，饥饿首先降临，青年尝试着通过转移注意力来摆脱它，可是夜晚四周一片漆黑，也没有任何声响，于是饥饿感加剧，孤独和恐惧也结伴而来，他开始有点后悔——并向往起平日里的无忧无虑来。

第三天，情况并没有改善，他开始回忆起平日里更多的美好：乡下的老母亲不远千里地赶来，只为送一坛韭菜花酱以及小孙子的一双虎头鞋；终日相伴的妻子在下班时为自己做好午饭，在寒夜里为自己掖好被子；宝贝儿子为自己端的第一杯水，跟自己说的第一声"谢谢"；他甚至想起了与他发生争执的同事曾经给他买过的一份午餐……渐渐的，他发现，原来不是生活太无聊，而是他自己失去了用心品味的耐心和敏锐。

他其实早已得到了常人梦寐以求的体面工作、舒适住宅和美满家庭。他在漫长的岁月里失去的并不是生活的目的，而是动力。而这动力，恰是在实现目的的长路上，一点点失去的。敷衍、冷漠、虚伪……这些在社会上摸爬滚打必需的"技能"被他一一学会，结果他开始对身边的一切都失去了兴趣，更不用说感激。

第四天、第五天，他几乎要饿昏过去，可是一想到人世间的种种美好，便坚持了下来。他开始更多的反思，他怪自己竟然忘记了母亲的生日；他遗憾妻子分娩之时没能赶回来守在她身旁；他后悔没有去看儿子的第一场足球比赛；他后悔听信流言与好友分道扬镳……他这才发现，需要他弥补的事，竟然和需要感恩的事情一样多。

最后，泪流满面的他发现洞门开了。阳光照射进来，白云就在眼前，淡淡的花香，悦耳的鸟鸣——他又迎来了一个美好的人间。青年扶着石壁蹒跚着走出山洞，脸上浮现出了一丝难得的笑容。他用五天的生死历程悟出了一个再简单不过的道理，那就是："这个世界赠予了我们太多的美好，我们需要的，只是感恩和珍惜!"

原来，我们的失去和得到，我们满满的眼泪，只是因为残酷的成长过程中，渐渐忘了感激和珍惜。就像爱默生说的："如果星星一千年内才闪耀一次，当它闪烁时，所有的人都会仰望，都会祈祷。可正因为它每晚都闪烁在星空，所有我们认为那是种理所应当。"可是，当我们把一切都当作理所应当，不懂得感激与珍惜，那结果只能是对生活彻底失去希望和兴趣。这应该是谁也不愿看到的结果。

也许，我们每个人需要去经历一次绝望的旅行，并在旅途中沐浴一场感恩的暖雨，提醒自己：这个世界有着多少值得我们感恩和铭记的东西，我们需要做的，只是发现和珍惜。

"发现"并不难，因为我们每天都生活在别人的付出里：干净的街道、温暖的卧室、明亮的客厅……只要我们稍稍留心，就会发现我们原来一直被满满的暖意所包裹。

最难的是"珍惜"，因为相比"发现"而言，它意味着切实的行动! 珍惜不仅是偶然想起的几句感谢，不仅是睡前那句例行的问候"晚安，亲爱的"，它意味着更多，更多……多到如果你并非真的心怀感恩，一定会感到厌烦。

2011 年，一位网友在苏州木渎用照相机记录下了一个珍贵的瞬间：暴雨中，一个瘦弱女孩为行乞的残疾人撑伞，自己的半边身子却湿透了。在网友们纷纷称赞女孩是暴风雨中最美的风景时，却似乎忘了问问自己：换了是我，我会这么做吗？当然，我们不能强求每个人都把感恩的雨伞分给素不相识的人，甚至路边的乞丐。但我们也许都应该学会，准备好一颗柔软的心，随时为我们视线所及的弱者，提供一把小小的雨伞。

对于这一点，5 岁的迈克可能做得比绝大部分大人都好：

迈克和爸爸妈妈哥哥一起到森林干活，突然间下起雨来，可是他们只带了一件雨衣。爸爸将雨衣给了妈妈，妈妈给了哥哥，哥哥又给了迈克。迈克问道："为什么爸爸给了妈妈，妈妈给了哥哥，哥哥又给了我呢？"

爸爸回答道："因为爸爸比妈妈强大，妈妈比哥哥强大，哥哥又比你强大呀。我们都会保护比较弱小的人。"

迈克左右看了看，最后跑过去将雨衣撑开，挡在了一朵在雨中飘摇的娇弱的小花上……

为一只"丑小鸭"的微笑让路

行善者叩击着门环，仁爱者却发现门已开启。

——（印度）泰戈尔

有人曾说过："一个社会的道德水准，取决于人们如何对待社会上最不幸的人。"如果我们不懂得为一只"丑小鸭"的微笑而收敛自己的光辉，那我们闪耀出的，只能是晦暗的光芒。人是群居动物，我们都生活在一层一层的人际关系中。如果我们仅仅在意自己的挫折和苦痛，只心心念念着自己的梦想和未来，对别人的一切都毫不关心，那我们实在没有资格要求命运为我们做出特殊的改变。

在一个特殊学校的募捐餐会上，一个家长的发言令人动容："按理说上帝创造的一切都是完美的，但我的儿子西恩，他生来就不能像别的孩子一样正常学习，他甚至无法像别的孩子那样理解事物。在西恩的身上，上帝的法则何在?"所有听众都哑口无言。

这个父亲继续说："我相信，像西恩这样有身体和心智缺陷的孩子来到这个世界，就是为了给人类一个展现真实本性的机会。"接着，他动情地讲述了下面这个故事：

"那天，我带西恩去逛公园。你们知道，越是心智有缺陷的孩子，就越需要多接触外面的世界，否则，他们会越来越封闭自己。

"我们路过一个棒球场，里面有一群孩子在玩棒球。西恩看了看，发现里面有他认识的小朋友。西恩轻轻地问我：'你想他们会让我一起玩吗？'我犹豫了一会儿。我知道，如果我是个孩子，我肯定不愿意自己的队伍里有西恩这样一个队友，但作为一个父亲，我同时也知道如果西恩能多参加这些活动，这会使他得到他所迫切需要的认同感和归属感。我最终朝他点点头，西恩露出了期待的眼神。

"我走向一个小男孩，不抱希望地问他是可否可以让西恩参加，并强调了这对西恩来说很重要。他看看周围的队友，说：'反正我们已经输了6分了，就让他参加吧！'见队友没提出异议，他就回答我：'现在正在第8局，我们会在第9局设法让他上场的。'

"当我把这个消息告诉西恩的时候，他别提多高兴了！西恩兴高采烈地走向球队的休息区，虽然他的步伐依然困难而滞重。西恩没有像往常一样让我帮忙，他一个人笨拙而认真地穿上球衣，我扭过头去，悄悄流下了眼泪，心里却是满满的温暖。那些小男孩似乎也看出了我对于儿子被接纳的喜悦，他们悄悄商量着什么。

"在第 8 局下半场，西恩的队友追得只差 3 分了。等到第 9 局上半场，西恩终于有机会戴上手套，去防守右外野，虽然没有球往他的位置飞来，但能站在场上，感觉自己是一个队伍的一分子，他已经很高兴了！我也兴奋地在看台上向他挥手，他笑得合不拢嘴。

"等到了第 9 局下半场，西恩的球队又将比分迫近了，下一棒就是球队逆转的机会，而西恩恰好被安排在这一棒。我心里不禁打鼓，他们真的会放弃胜利，让西恩去打这一球吗？因为西恩根本就不可能打到球，他甚至不知道怎么握棒。

让人惊讶的是，他们似乎早就统一了观念，他们真的把球棒交给了西恩。当西恩踏上了打击位置，紧张而笨拙地等待着对方投手投球，对方投手似乎也明白了对手为何这么明显地放弃了胜利的机会。投手转头看向自己的队友，他们也点点头。

"于是，西恩生命里最重要的一刻来临了。对方投手往前走了几步，投出了一个很软很软的球，但西恩的挥棒却落空了。第二球，投手再往前走了几步，投出一个更软的球，这次西恩把握住了机会，用力一挥，但也只是擦到了球，球慢慢地滚向投手。这时只要投手捡起球，轻易地把球传给一垒手就可以让西恩出局，从而赢得这场球赛。但投手却'匪夷所思'地把球传高了，高得以至于让他所有的队友都接不到。

"投手的队友并没有责怪他，全场似乎已经不关心那个球在哪儿了，他们——不管是西恩的队友还是对手，甚至看台上的每个人，都开始喊到：'西恩，加油！跑到一垒！跑到一垒！'我忍不住泪流满面，因为我看到西恩这辈子从来没有跑这么快过，他甚至从来没有跑过这么远。当他努力地跑到了一垒，踩上垒包，他的眼里充满了无法置信的惊喜。

"'跑向二垒，西恩，跑向二垒！'人群再次爆发出了呼喊声。

"兴奋的西恩来不及休息，便蹒跚地跑向二垒。就在这时，对手的右外野手终于拿到了球，这个全队最矮的小家伙终于有机会成为英雄了，他只要把球传向二垒，他们就会获得胜利，但这个小家伙似乎也明白了，这场比赛的主角并不是自己，所以他也把球高高地传过了二垒手的头顶。

"就这样，在大家的呼喊和我的眼泪中，西恩跑到了二垒，三垒，又跑回本垒，中间西恩一度辨别不了方向，还是对方的游击手跑来为他指引了方向。当西恩终于跑回本垒，踩上垒包的时候，全场爆发出了最热烈的呼喊：'全垒打！好样的！西恩！'那一刻，西恩仿佛一个凯旋的英雄，受到所有人的簇拥……"

"那一天，"那个父亲动情地回忆道，"那些孩子和观众把真爱和人性的光辉带到了这个世界，也带进了西恩柔软的心里。虽然西恩没能活到另一个夏天——他在那年的冬天离开了我们。但我知道，他从没忘记过：他曾经是个英雄，他一直都是！"

在场的所有家长都流下了动情的泪水。

一只"丑小鸭"的微笑可能对你来说微不足道，但对"丑小鸭"自己，对他的朋友，家人来说，那就是满满的幸福和泪水。所以，如果生命的最终目的是找到完整的自己，那为别人的微笑让路，也许是一条并不引人注意的捷径。

兹心为"慈"，美口即"善"

达到生活中真实幸福的最好手段，就是像蜘蛛那样，漫无限制地从自身向四面八方撒放有黏力的爱的蛛网，从中随便捕捉落到网上的一切。

——（俄国）列夫·托尔斯泰

有一句西方谚语这么说道："上帝有两个住处，一个在天堂，一个在感恩者的心中。"当我们想着脱离一个不好的处境时，当我们感到精疲力竭时，当我们总是与某个会让我们心烦的人在一起时，我们不妨看看我们拥有的一切美好事物，并对它们表达自己心中的感恩之情。当我们感谢它们时，往往就能改变自己的心态与情绪。我们会从烦躁、痛苦、愤怒、失落中解脱出来，触摸到真实的自己。

当然，除了对周遭的一切心怀感恩，我们也许还能走得更远一点，对所有需要帮助的人，都伸出温暖的双手。就像托尔斯泰形容的那样："漫无限制地从自身向四面八方撒放有黏力的爱的蛛网，从中随便捕捉落到网上的一切。"这样的生活，是否比你现在这样的麻木和冷漠更值得过呢？

不过，说到感恩，也许很多人会想到慈善，而说到慈善，也许很多人会想到明星和企业家。于是，我们理所当然地认为：这一切与我们毫不相关。但我们若是稍微用心一点，也许就会发现：兹心为"慈"，美口即"善"。真正的感恩和慈善，也许并不需要多少金钱和时间。有时，仅仅是一句暖人的话语，就能让别人的心里开出一整个春天。

于丹就讲过一个关于"美口"的小故事：一位绅士在路上遇到一个流浪汉，绅士翻遍了身上的口袋，却发现那天刚好没带钱，他略带歉疚地说："对不起啊，兄弟，我今天一分钱也没有带。"流浪汉听了之后，很感动地说："不，你叫我一声兄弟，你已经给了我很多！"

其实，感恩和慈善就是这样，不在于我们是去了孤儿院还是敬老院，也不在于我们能够拿出一块钱还是一百万，重要的是：我们给予了需要帮助的人足够的关心和尊重。而这些东西，往往才是人们最需要拥有的，它们比金钱更容易带来信心、勇气和安全感。

当然，口头的慈善，除了尊重、赞美别人以外，往往还能以"嘴下留情"的方式呈现出来，这需要的不仅仅是说话的技巧，更是一颗宽容而仁慈的心。

有一位表演大师上场前，他的弟子告诉他鞋带松了。大师点头致谢，蹲下来仔细系好。等到弟子转身后，他却又蹲下来将鞋带解松。有个旁观者看到了这一切，不解地问："大师，您为什么又要将鞋带解松呢？"大师回答道："因为我饰演的是一位劳累的旅者，长途跋涉让他的鞋带松开，可以通过这个细节表现他的劳累憔悴。""那你为什么不直接告诉你的弟子呢？"那人接着问。大师笑了笑："他能细心地发现我的鞋带松了，并且热心地告诉我，我一定要保护他这种热情的积极性，及时地给他鼓励，至于为什么要将鞋带解开，将来会有更多的机会教他，可以下一次再说啊！"

我想，正是由于这样的仁爱之心，而不是表演水平，才让他被称为大师的吧。而对我们来说，虽然算不上什么德高望重的人，但常常提醒自己在评价别人前先想一想，并不算难事吧。尤其是面对小孩子的时候，许多大人习惯性地就会用"别闹""乖一点""听话啊，要不然妈妈不喜欢你了"来跟他们沟通。殊不知，他们来找你时，也许只是为了告诉你：墙角的野花开得正美，抑或，树上有一只漂亮的喜鹊呢？

除了这些，有时，连谎言都可以给别人带来温暖。美国著名作家欧·亨利曾经在《最后一片叶子》里讲述了一个善意的谎言，同样也是一种仁慈的布施：

一位穷学生琼西身患肺炎，她看到窗外对面墙上的常青藤叶子不断地被风吹落，心中充满了忧伤。她说，当最后一片叶子落下时，自己的生命也将和它一起陨落。

住在隔壁的画家贝尔曼听琼西的同学谈起此事之后，在最后一片叶子落下之前的深夜，冒着暴雨，用自己心灵的画笔在墙上画出了一片"永远不会凋落"的常青藤叶。善良的贝尔曼为琼西编造了一个善良而真实的谎言，用一片精心勾画的绿叶装饰了那干枯的生命之树，维持了即将熄灭的生命之光。

后来，琼西的病痊愈了，而那位伟大的画家却因为在暴雨的晚上感染了肺炎，不久之后便永远地合上了双眼。

虽然故事的结局颇令人遗憾，但若是我们能从中收获到满满的暖意，并把这份暖意持续地带给别人，也算不枉贝尔曼的善良了吧。

世间美丽，是你内心清澈时的倒影

最高贵的复仇，是宽容。

——（法国）雨果

我们形容一个人善良时往往会夸张地说："他连一只蚂蚁都不忍踩死。"一个人若是真的连蚂蚁都不忍踩死，那他离佛门常说的慈悲心就不远了。因为即使因果之道再过玄妙，一只蚂蚁也不至于对我们此生的幸福造成些许影响。在此基础上生出的善心，才更加让人尊敬。只是，在现实生活中，谁会真的一直盯着脚下，以免踩到蚂蚁呢？

还真有！弘一法师的弟子丰子恺曾经回忆："一次，他（弘一法师）到我家。我请他藤椅子里坐。他把藤椅子轻轻摇动，然后慢慢地坐下去。起先我不敢问。后来看他每次都如此，我就启问。法师回答说：'这椅子里头，两根藤之间，也许有小虫伏着。突然坐下去，要把它们压死，所以先摇动一下，慢慢坐下去，好让它们走避。'"

弘一法师的善行要比走路不忍踩死蚂蚁更加令人动容！时刻注意看得见的脚下已经很难了，又有谁会想到，并在意那藤条之间看不见的生灵呢？不仅如此，弘一法师临终前还要求弟子在龛脚垫上四碗水，以免蚂蚁爬上尸身不小心被烧死。这份慈悲，实在让人钦佩万分！

我们固然达不到弘一法师至善至美的境界，但至少可以稍稍洗涤一下自己的善良和慈悲，更纯粹地忧人之忧、乐人之乐，真心地给予掌声，默默地施以援手，顺便关心关心那些"潜伏"在我们身边的小精灵，慢点开车，轻点走路，不仅为了呵护它们的脆弱，也为了让自己能在这缓慢、轻柔中看得清它们的美丽——那也是我们内心的善良，在清澈时的倒影。

除了那些可爱的生灵值得我们宽柔地对待，有些原本令人厌恶的生命，我们其实也是可以手下留情的。西南联大时，刘文典的学生李埏在向他借的一本《唐三藏法师传》的书页中，发现了一张老师用毛笔画的老鼠，于是就向老师询问缘由。刘文典听后大笑不已，说自己在乡下看书时常点香油灯，灯芯上的油会滴在灯盘上。一天深夜他在灯下看书时，见有老鼠爬到灯盘上明目张胆地吃起了盘子上的油。他本想打死它，但转念一想，老鼠是在讨生活，我读书也是为讨生活，何必相残呢？于是随手用毛笔画了一幅老鼠像夹在书中。

老鼠也不过是在"讨生活"，这是真正经历过人生的风风雨雨后才会有的体悟吧。当我们在生活中，在事业上放手垂钓名利时，也别忘了，在心底留一份柔软，为一些小小的生命，也为自己的人情味，留一条活路。何况有些时候，我们一次宽柔的放生，对别人来说，可能就是一辈子的铭记与感恩。我们自然不会贪求这样的回报，但它至少令我们感到了生命的温暖，不是么？

小提琴演奏家艾德蒙先生就曾经历过类似的一件事。有一天，当他走进家门的时候，突然听到楼上卧室里传来了小提琴的声音。

"有小偷！"艾德蒙先生马上反应过来，急忙冲上楼。果然，一个大约13岁的陌生少年正在那里摆弄小提琴。他头发蓬乱，脸庞瘦削，不合身的外套里面好像塞了某些东西。他被艾德蒙先生抓了个正着。

那少年见了艾德蒙先生，眼里充满了惶恐、胆怯和绝望，那是一种非常熟悉的眼神，刹那间，艾德蒙先生的心柔软了下来。愤怒的表情顿时被微笑所代替，他问道："你是丹尼斯先生的外甥琼吗？我是他的管家。前两天，丹尼斯先生说你要来，没想到来得这么快！"

那个少年先是一愣，但很快就回应说："我舅舅出门了吗？我想先出去转转，待会儿再回来。"

艾德蒙先生点点头，然后问那位正准备将小提琴放下的少年："你也喜欢拉小提琴吗？"

"是的，但拉得不好。"少年回答。

"那为什么不拿着琴去练习一下？我想丹尼斯先生一定很高兴听到你的琴声。"他语气平缓地说。少年疑惑地望了他一眼，还是拿起了小提琴。

临出客厅时，少年突然看见墙上挂着一张艾德蒙先生在歌德大剧院演出的巨幅彩照，身体猛然抖了一下，然后头也不回地跑远了。

艾德蒙先生确信那位少年已经明白是怎么回事，因为没有哪一位主人会用管家的照片来装饰客厅。

三年后的一次音乐大赛中，艾德蒙先生应邀担任决赛评委。最后，一位叫里奇的小提琴选手凭借雄厚的实力夺得了第一名。颁奖大会结束后，里奇拿着一只小提琴匣子跑到艾德蒙先生的面前，脸色绯红地问："艾德蒙先生，您还认识我吗？"

艾德蒙先生摇摇头。

"您曾经送过我一把小提琴，我珍藏着，一直到了今天！"里奇热泪盈眶地说，"那时候，几乎每一个人都把我当成垃圾，我也以为自己彻底完了，但是您让我在贫穷和苦难中重新拾起了自尊，心中再次燃起了改变逆境的熊熊烈火！今天，我可以无愧地将这把小提琴还给您了……"

里奇含泪打开琴匣，艾德蒙先生一眼瞥见自己那把心爱的小提琴正静静地躺在里面。他走上前紧紧地搂住了里奇，三年前的那一幕顿时重现在艾德蒙先生的眼前，原来他就是"丹尼斯先生的外甥琼"！艾德蒙先生眼睛湿润了，少年没有让他失望。

因为宽容，艾德蒙先生成就了一个音乐奇才。其实，就算我们的宽容和慈悲不能造就任何的伟大，那又如何呢？慈悲本来就应该是一份不掺杂任何污浊的美丽，以其清澈感动世人，也持久地暖着自己。

这，还不够吗？

先迈出你的脚，我才能给你我的手

有了真诚，才会有虚心，有了虚心，才肯丢开自己去了解别人。而建筑在了解自己了解别人上面的爱，才不是盲目的爱。

——（中国）傅雷

世间万事万物都是互相联系、彼此照应的，我们每个人的存在或多或少都依赖着别人的参与和扶持。就像苏轼有首诗说的："若言琴上有琴声，放在匣中何不鸣？若言声在指头上，何不于君指上听？"把琴放在盒子里，琴是不会自己发出声音的，单独伸出自己的手指，也听不到声音。只有当我们的手指扣住琴弦的时候，才能弹奏出优美的曲调和悦耳的乐声。人与人之间也是如此。

小到一枚果实，大到人类飞天的梦想，无一不是互助合作、彼此鸣和的成果。生命本来就是相依相伴、共生共存的。有一个戏剧爱好者，他不顾亲朋的反对，毅然选择了一处并不热闹的地区，修建了一所超水准的剧院。剧院开幕后，非常受欢迎，并带动了周围商业的发展。附近的餐馆一家接一家地开，百货商店和咖啡厅也纷纷跟进。没有几年，剧院所在的地区便成了繁荣的商业地带。

"看看我们的邻居，一小块地，盖栋楼就能出租那么多的钱，而你用这么大的地建造剧院，却只有这一点的收入，岂不是吃大亏了吗？"这个人的妻子对丈夫抱怨道，"我们何不将剧院改建为商业大厦，也做餐饮百货，分租出去，单单租金就比剧场的收入多几倍！"

这人也十分羡慕别人的收益，于是便将自己的剧院关闭，贷得巨款，改建商业大楼。不料，楼还没有竣工，因为观众的流失，邻近的餐饮百货店纷纷迁走，随之房价下跌……

人们常因建设自己而造就了别人，又因别人的造就而改变了自己。在这种改变中，如果我们不让别人赢，常常也会输掉自己。这本是最简单不过的道理。但越是简单的道理，越容易被人忽视，就像故事中的剧场主人一样，常常为了自己一时的利益而忽视了共同利益，最终反而让自己失去更多。

但是，成就别人，帮助别人也要讲究方法。德国有一句著名的谚语，翻译成中文就是："先迈出你的脚，我才给你我的手。"如果一个人站在那里不愿意迈步的话，你伸手去拉他，会是什么样的结局呢？他的脚不动，他的身体就会前倾，人就会摔倒。所以，助人，或说怀着感恩之心待人，并不是单向度的事。

也许有人会觉得这是人所共知的常识，但许多人之所以生活得不快乐，就是因为缺乏常识。我们不该"无偿"地帮助一个人，因为你总是无偿地帮助一个人，一开始的时候，他可能会很感动，但时间久了，他总是伸手即得，就会渐渐麻木，不但失去了最初的感恩之心，而且也会对别人的扶持渐生依赖。总有一天，他就会站在那里不动，到时候，你一伸手，他只会摔倒在你的面前。

换句话说，授人以鱼不如授人以渔，帮助别人获得追求幸福的能力，而不是单纯给予他物质内容，这更加功德无量。很多人都听过"观音躲雨"的故事。有一个人，在屋檐下躲雨，看见观音撑伞走过，于是这人马上说："观音菩萨，都说您普度众生，请带我一段吧。"观音说："我在雨里，你在檐下，而檐下无雨，你不需要我来度。"这人立刻站到雨中，说："现在我也在雨中了，您该度我了吧?"观音说："你在雨中，我也在雨中，我不被淋，因为有伞；你被雨淋，因为无伞。所以不是我度自己，而是伞度我。你要想度，不必找我，请找伞去!"说完便走了。第二天，这人遇到了难事，便去寺庙里求观音。走进庙里，才发现观音的像前也有一个人在拜，那个人长得和观音一模一样。这人问："你是观音吗?"那人答道："我正是观音。"这人又问："那你为何还拜自己?"观音笑道："我也遇到了难事，但我知道，求人不如求己。"

遇到困难时，我们要先想到自己帮助自己。明白了这个道理，我们才能像观音那般，既懂得解救他人，也懂得拯救自己。在智者的眼中，人只有自己先独立起来，才能去帮助别人。如果凡事总是自己先把自己打败了，连自己也无法自救，又何来救人的本领呢?

同样的道理，如果我们希望得到别人的帮助，我们应该先学会迈出自己的脚，主动寻求突破人生瓶颈的渠道。如果我们希望能够帮助别人，也应该先考虑如何智慧地施恩，让他人既获得帮助，也保留做人的尊严与独立。所谓"自利利他，自助天助"正是每个人在生活中都该拥有的常识。

曾经有一个穷人，在冬天来临的时候，没有钱买木柴了。于是，他去向一个富人借钱。富人爽快地答应借给他两块大洋，而且还很大方地说："拿去花吧，不用还了！"穷人犹豫了一下，接过了钱，小心翼翼地包好后，就匆匆往家里赶。富人冲他的背影又喊了一遍："不用还了！"第二天大清早，当富人打开院门的时候，发现门口的积雪已经被人扫过了。他打听之后，才知道雪是昨天借钱的穷人扫的。富人想了想，忽然明白了一个道理：自己昨天的举动只是给别人一份施舍，这只会将别人变成乞丐。于是，他让穷人写了一张借条，约定以扫雪来偿还借款。

所以，在帮助别人的时候，我们不要存有"施舍"的想法，哪怕你并非故意，但客观上都损伤了他人的尊严。反之，如果我们需要别人的帮助，不但要心存感恩，还应该明白永远保持自己人格的独立。我们必须先迈出自己的脚，才有可能握住别人伸过来的手。也只有当我们自立自强之后，我们对他人的扶持才算是一种有力的支撑。

别说真情难觅，活着已是满满的爱

今我何功德？曾不事农桑；念此私自愧，尽日不能忘。

——（中国·唐代）白居易

著名诗人白居易的诗多为感叹时世、反映民间疾苦之作。诗人曾慨叹道：那些老百姓终年忙碌，最终还是一贫如洗，要靠捡拾麦穗充饥，而自己做事不多，每年的俸禄却有三百石，岁末还能有点余粮，一念至此，就十分惭愧不安。现在一般人的家境虽不及做官的白居易，但至少也是温饱无忧，可其中有几个人会对那些饥寒交迫的人们报以深深的同情呢？更不用说为自己的富足而愧对别人的苦难了。

当我们在为一些鸡毛蒜皮的小事斤斤计较时，当我们在为了爱恨情仇苦苦挣扎时，当我们在为了理想与现实的问题争论不休时，当我们在忧郁地思考着生命、生活究竟有何意义时，你有没有想过，对很多人来说，生命不是苏格拉底豁达的"为死亡所做的准备"；不是泰戈尔诗意的"生如夏花般绚烂，死如秋叶般静美"；不是米兰·昆德拉所言的"在别处"，更不是凯鲁亚克所说的"在路上"。对他们来说，生活，就是生下来，活下去！

一个女人死了丈夫，家乡又遭受了灾祸，不得已，带着两个孩子背井离乡，辗转各地，好不容易得到一个善良人家的同情，把仓库的一角租借给母子三人居住。那里空间很小，只有三张榻榻米大小，她铺上一张席子，拉进一个没有灯罩的灯泡，一个炭炉，一个饭桌书桌两用的小木箱，还有几床破被褥和一些旧衣服，这是他们的全部家当。

为了维持生活，女人每天早晨 6 点离开家，先去附近的大楼做清扫工作，中午去学校帮助学生发食品，晚上到饭店洗碟子。结束一天的工作回到家里已是深夜十一二点钟了。于是，家务的担子全都落在了大儿子身上。

为了一家人能活下去，女人披星戴月，从没睡过一个安稳觉，可生活还是那么清苦。她们就这样生活着，半年、八个月、十个月……做母亲的不忍心孩子们跟她一起过这种苦日子。她时不时会想到死，想和两个孩子一起离开人间，到丈夫所在的地方去。

这一天，女人泡了一锅豆子，早晨出门时，给大儿子留下一张条子："锅里泡着豆子，把它煮一下，晚上当菜吃，豆子烂了时稍放点酱油。"

经过了一天的辛劳和疲惫，女人回来了，她偷偷买了一包安眠药带回家，打算当天晚上和孩子们一块儿死去。

当她打开房门，见两个儿子已经钻进席子上的破被褥里，并排入睡了。忽然，女人发现当哥哥的枕边放着一张纸条，便有气无力地拿了起来。上面这样写道："妈妈，我照您条子上写的那样，认真地煮了豆子，豆子烂时放进了酱油。不过，晚上盛出来给弟弟当菜吃时，弟弟说太咸了，不能吃。弟弟只吃了点冷水泡饭就睡觉了。妈妈，实在对不起。不过，请妈妈相信我，我的确是认真煮豆子的。妈妈，尝一粒我煮的豆子吧。而且，明天早晨不管您起得多早，都要在您临走前叫醒我，再教我一次煮豆子的方法。妈妈，我们知道您已经很累了。我心里明白，妈妈是在为我们操劳。妈妈，谢谢您。不过请妈妈一定保重身体。我们先睡了。妈妈，晚安！"

泪水从女人的眼里夺眶而出。"孩子年纪这么小，都在顽强地伴着我生活……"母亲坐在孩子们的枕边，伴着眼泪一粒一粒地品尝着孩子煮的咸豆子。一种信念在她的心中升腾而起：我选择坚强地活下去。女人摸摸装豆子的布口袋，里面正巧剩下残留的一粒豆子。她把它捡出来，包进大儿子给她写的信里，她决定把它当作护身符带在身上。

是啊，孩子这么小都懂得体恤母亲，顽强地生活下去，我们还有什么理由不珍惜自己所拥有的一切，认真地活下去呢？幸福的生活需要的不是艰涩精微的奥义，而是这朴素却温暖的感情。生下来，就一起活下去。彼此体贴、相互温暖，关心家人，也"关心粮食和蔬菜"，在这"活下去"的过程里，慢慢体会生命的真谛、爱的真谛。

再美的旅途，都不如回家那段路

一人一家，最温暖的人间道场

人世间最美丽的情景是出现在当我们怀念起母亲的时候。

——（法国）莫泊桑

15 岁时，她写信告诉他，她和父母吵架了，他回信安慰她；18 岁，她写信告诉他，他考上大学了，他回信赞许她；21 岁，她写信告诉他，她失恋了，他回信鼓励她；24 岁，她写信说她要结婚，他回信祝福她；27 岁，她写信说她要当妈妈了，他回信恭喜她；30 岁，她写信说她讨厌的父亲去世了，他却再也没有回信……

这是网上流传的一则让无数人潸然泪下的小故事，不管是否真有其事，至少它促使我们又想起了那个，可能已经被我们习惯性遗忘的人——父亲。当然，何止父亲呢？母亲也是我们生命里最初，也是最重要的人。

在古老的印度，人们无钱医病，将死的时候就要喂狼。当一个年轻人背着母亲往深山里走的时候，母亲随手折下枯树枝丢到道上。年轻人有些诧异，询问母亲折树枝的缘由。母亲说："孩子，我怕你迷失了回去的路。"年轻人听了母亲的话，瞬间湿了眼眶，便又把母亲背回了家。

母亲永远是这么伟大！在她临死的时候心里装的还是自己的孩子。一次不经意的"折枝"，只是她无数关怀里的小小插曲。我们自己的父母，不也和那位默默给女儿写信的父亲，和这个为儿子折枝的母亲一样吗？我们只需要稍稍静下心来，就能回忆起一大堆琐屑却温暖的细节：一桌你爱吃的菜，几声你讨厌的叮嘱，一次晚归时的留灯，多少次离家时的倚门……

但是，并不是每个人都能明白父母的辛劳和不易，懂得报以珍惜和关心。曾有一位家境贫困的大学生，坚持求学，这本是好事。然而，当家庭出现变故，父亲去世，弟妹年幼，他却依然坚持要继续深造读研究生，母亲无奈只好去卖血。这位自私的学子遭到了许多人的鄙夷，求学的路如此漫长，是一生一世的事业，又何必系于现在的一纸文凭？自己的深造要用母亲的鲜血灌溉，他却能如此无动于衷，实在令人不齿。父母或许会对你说："只要对你好，我们愿意付出我们的一切，不必为我们考虑太多。"但倘若我们便以此为由，肆无忌惮地把经济、精神枷锁都套在他们身上，那我们最后只会被整个社会遗弃。

当然，大部分人不会残忍到像那个大学生一样逼迫自己的父母，我们只会在重重的生存压力下，有意无意地忘记他们而已。而这样的遗忘，对他们来说，也许是更大的残忍。我们都害怕孤独，却无情地把寂寞丢给父母。还记得上学的时候，每当开学前，父母总会千叮咛万嘱咐："以后每个星期打个电话回家啊！"最后，却只有在生病或缺钱的时候，才会想起家里的电话号码。工作之后就更不用说了。当他们用尽半生将一个小不点培育成或挺拔或苗条的我们时，最后却只收获了冷清的门厅。

我们不妨先来看个故事，再想想应该怎么做：

有一个人，醉心于参禅悟道，却始终不得要领。一天深夜，他忍不住跑去拜访禅师。

"大师，究竟什么是佛？"他迫不及待地问道。

禅师不应，只是缓缓地推开窗户，望向深深的夜色："这个时辰，人们都睡了吧？"

"嗯，都半夜了。"他心里疑惑，但还是恭谨地回答。

禅师转向他："家里钥匙带了吗？"

"嗯，带了。"他从腰间卸下一串钥匙，在手里晃晃。

禅师拿过钥匙，一把丢进了窗外的池塘。

"你干什么?!"他阻止不及，有点恼怒地问道。

禅师回答："你不是问我什么是佛吗？"

他不解："是啊，但你干吗扔我钥匙？"

禅师微笑着说："佛就在你家里。"

他依旧狐疑："我不明白。"

禅师淡淡地回答："你现在回家，给你开门的那个人，就是佛。"

给你开门的那个人，就是佛！当我们在纷繁的社会里寻找属于自己的理想时，当我们在广袤的天地间寻求属于自己的幸福时，当我们在心灵的深处不断诘问关于世界和自己存在的意义时，我们是否忘了，有人正在家里耐心地等着我们回去？即使我们在外找得再匆忙，甚至丢了家里的钥匙，依然会有人，会给你开门，给你温暖的慰藉。那就是，我们的父母！我们的家人！

我们虽然并非那个一心求佛的痴人，却也在有意无意中，忽略了身后的温暖。宋朝志南和尚有一首诗写道："古木阴中系短篷，杖藜扶我过桥东；沾衣欲湿杏花雨，吹面不寒杨柳风。"我们凡俗之人也和禅师一样，往往在"古木阴中系短篷"，仅以"杖藜"为依凭，在人间匆匆行脚。不同的是，禅师们历经万苦追寻的是"沾衣欲湿杏花雨"——外境不能牵动内心寂静的冥然和"吹面不寒杨柳风"——参佛之心与自然万物融为一体的超然。但常人往往忽略了更值得我们动容的一点：那杏花雨、杨柳风，正如我们的生身父母，虽然时常严厉，偶尔苛责，却是时刻护佑着我们、启迪着我们的最温暖的所在。

我们追求理想，渴望成功，可父母只渴望我们一世安好，快乐无疾；我们追寻幸福，渴求生命的解答，但父母只渴求我们能常回去看看他们，润泽他们眼里渐渐干涸的明亮和心里渐渐冷却的豪情万丈。

其实，我们追寻的一切，我们渴求的答案，一直都在我们的身后，轻轻柔柔地呼唤着我们，只等我们安下心来，静静聆听，温柔拾起。

无上的幸运和荣光：待在妈妈身旁

你煮过的饭有多少斤，谁能数得清？答案悄悄地藏在米缸里；妈妈的爱有多少斤，谁能数得清？答案写在她脸上的皱纹里。

——（马来西亚）陈庆祥

"太太，太太，行行好吧。"正要乘车的贝尔先生看见前面不远处一个衣衫褴褛的小男孩伸出鹰爪样的小黑手，尾随着一位贵妇人。"可怜可怜我吧，我三天没有吃东西了，给一美元也行。"

妇女转回身，怒喝一声："这么点小孩就会做生意！"

小乞丐站住脚，满脸失望。紧接着他径直走到了贝尔的面前，摊着小脏手，说着同样的话。

贝尔先生心中一阵难过，他掏出一枚一美元的硬币，递到他手里。

小男孩开心地对贝尔先生说："谢谢您，祝您好运！"

很快，贝尔先生就忘记了这个并不美好的场景。不愿意过早地去候车室的他信步走进一家花店。这时，从外面走进一人，正是刚才的小乞丐。小乞丐似乎并没有注意到一旁的"恩人"，他只是认真地逐个端详柜台里的鲜花。

"你要看点什么?"店员并没有嫌弃小乞丐,亲切地问道。

"一束万寿菊。"小乞丐犹豫半天终于开口了。

"要我们送给什么人吗?"店员问。

"不用,不过麻烦您替我写一张卡片,上面写:'献给我最亲爱的人!祝妈妈生日快乐!'"小乞丐一字一句仔细地说道。

贝尔先生和店员的鼻子都有点酸,但更让他们没想到的是,出了花店的小乞丐手捧鲜花,一步步缓缓前行,外面刚好下起了小雨,衣着单薄的他却浑然不觉,仿佛忘记了身外的一切。而他坚定地走去的方向,是一片公墓⋯⋯

那一刻,贝尔先生和店员都有一种坚定的错觉:小乞丐,不,是那个可爱的小男孩,他手中的万寿菊,正迎着风雨,再次怒放⋯⋯

也许,再也没有比这更让人潸然泪下的故事了吧。

有人说:"世上再美的旅途,都不如回家的那段路。"我想,那是因为家里有一个叫作"妈妈"的人,在等你回去。这个人，第一个叫出了你的名字，第一个抱起了你的身体，第一个亲吻了你的脸颊，第一个喂你吃饭、教你穿衣、扶你走路……她还陪伴了你生命里的无数个第一次：第一次微笑，第一次哭泣，第一次跌倒，第一次爬起……

关于这个人，关于妈妈的故事实在是太多了，仅仅算算我们小学时写的作文《我的妈妈》，就至少有几千万篇吧……这就意味着，至少有几千万个同样温暖人心的，关于母爱的故事。更近一点的例子是，2011 年有一本亲子教育类的书畅销几百万册，这在人均每年读书不超过 5 本的中国，实在是个令人惊叹的数字，这本书的名字就叫《好妈妈胜过好老师》。那些买书的不见得都是教育学意义上的"好"妈妈，但至少，她们和我们印象中的所有妈妈一样，是如此关心自己的孩子，否则也不会在工作和带小孩之余，还抽出空来读这本书了。

可是，我们却并不奇怪于为何没有一本叫《好儿女胜过好保姆》的畅销书呢？这当然是个无聊的假设，因为教我们感恩的书也确实不少。但不可否认的是：作为儿女的我们，对索取的习惯远胜于给予。有多少子女会像季羡林老先生那样深深地懂得："世界上无论什么名誉，什么地位，什么幸福，什么尊荣，都比不上待在母亲身边。即使她一个字也不识，即使她整天吃高粱饼子。"其实，简单算笔账我们就会感到更加羞愧：以我们 20 岁，父母 40 岁计算，按照现在发达城市的平均寿命 80 岁来算，我们大约还有 40 年的时间陪伴他们。即使我们 40 年如一日地每月回去探望父母，那真正陪伴他们的时间也只有短短的 500 多天，更别说没几个人能做到这一点了。而他们日夜陪伴我们的时间又是多少呢？整整 20 年！这就难怪著名歌手阿牛（原名陈庆祥）在歌里反复地吟唱："妈妈的爱有多少斤，谁能数得清？"也许答案，真的只写在妈妈脸上的皱纹里，而不是我们心里……

无须更多的例证，也无须更多语言上的鞭笞警醒，我们既然知道是谁陪伴了自己所有最青涩的时光，自然也很清楚成熟之后的自己该如何报偿。做与不做，都只是亲爱的你的个人选择问题，书本背后的我，又何须置喙呢？

我们倒不如一起来完整地念念这段动人的歌词，希望我们回忆和感动的泪水，并不只是一段应景的"读后感"而已：

两斤蒜头两块一，马铃薯卖一块七，
再给我辣椒和一只鸡，我的孩子很爱吃咖喱；
一二三四五六七，茶醋油盐米，
炒一碟菜油要放几滴，煮一顿饭要用多少心？
你煮过的饭有多少斤，谁能数得清？

答案悄悄地藏在米缸里；

妈妈的爱有多少斤，谁能数得清？

答案写在她脸上的皱纹里，

答案写在她脸上的皱纹里。

建立情感账户，避免情绪冲突

成熟的人，是对自己的选择和情绪负责，顾及后果，承担
后果，明白人不单是为自己而活，为情而活，为欲望而活。

—— （中国）素黑

"跟你亲近我就受伤，不跟你亲近我又孤单。"这一现象被
婚姻专家、华裔心理学家黄维仁称作"现代人的两难"。因
为不了解而在一起，却又因为了解而分离。就像《广岛之
恋》中唱的那样："愿被你抛弃，就算了解而分离。"

对于这种恋爱通病，可以通过建立情感账户的方法解决，
不断进行爱情存款，丰富你们的爱情银行。丰富的爱情存
款可以帮助你们安定情绪，这样，你们在解决冲突的时候，
就不太容易冲动，而是更愿意为对方而改变、调整，并主
动做些有建设性的事情，即说用一个存款带动更多的存款。

"情感账户"这一概念是美国心理学家威拉德·哈利提出来的。他认为，我们在银行存款时，总是会根据实际财政状况和存款数目的多寡，有针对性地选择存款的方式，做到准确又高效。情感存款也应如此，根据对方的需要准确合理地选择双赢的存款模式。存款的过程是一个重新点亮自我的过程，要先解决心情再解决事情，只有先认识自己，了解自己的情绪，才能体会别人的情绪。情感账户的具体内容包括以下几点：

存款：让对方开心，感觉被欣赏、被肯定，或是做了一些让对方高兴的事。

提款：让对方哭、经受挫折、感受痛苦，觉得被误解、被批评、被伤害。

存款丰厚：很多小问题可以被原谅；使大事化小，小事化了。

债台高筑：如果银行里已经债台高筑，那么任何一点小事，都可以变成大事。

精心的时刻：花高品质的时间跟对方在一起。比如一起聊天、看电影、做公益、做饭。

精心的礼物：重点是在精心，而不在于花多少钱。下班回来，顺路买对方经常看的杂志或是喜欢吃的甜点。

服务的行动：喜欢为对方做这做那，比如，看到对方累了，很体贴地为其倒杯茶。

身体的接触：美国一位著名的情感专栏作家曾经针对1万名美国女性作过一项调查，调查显示，绝大多数女性非常需要而且喜欢亲密的拥抱，也就是说拥抱让女人更加容易感受到爱意。

肯定的言语：就是赞美的话。看到对方的优点，就称赞他。

语言表达是非常重要的，也是中国人表达爱意最弱的一环。因为很多时候我们表达爱习惯用行动。但是，光用行动，对方可能没有办法感受到。其实，除了行动之外，大部分人都会非常喜欢语言上爱的表达。当你感激对方的时候，可以直接告诉他，也可以通过电话、电邮、短信等方式表达对他的鼓励、感激和想念。美国加州大学的一位教授经研究后发现，一星期能表达感激5次以上的人比别人更快乐、更健康、更能处理压力、更乐观以及更愿意帮助别人。

在亲密关系中，最常见的问题就是我们习惯借着批评改变对方，但努力批评的结果往往是对方努力叛逆。而萨提亚曾说，唯有当一个人感受到爱的时候，他才会努力超越自己的习性，去做发自内心的有持久性的改变。

正如一对正在经营情感账户的夫妻的改变。妻子意识到，当对方做错事情的时候，他已经觉得很心虚、理亏。而你如果不谈这件事，原谅他，这就是一笔大存款。所以，当丈夫投资出了差错，妻子不要在这个时候说："你看，一下子赔掉了三部奔驰汽车！"她可以说："我了解你的挫折，每个人都会有失误，那没有关系，钱还是可以赚回来的。"讲这句话，就是一笔大存款。

同样，丈夫也意识到："当她向我抱怨时，我知道她需要的是鼓励而不是挑剔。以前，我肯定会说，你做得都这样糟糕了，我找不到什么可以称赞的地方。但是现在我会先用鼓励的方式客观地谈一谈这件事，然后帮她一起找办法。做了这个存款的练习后，我不再关注别人不好的地方。当你捕捉到那些曾经忽略掉的美好时，你的生活会变得很美好。"

还有一对夫妻，双方说好了，每个人按期寄给自己的家人100块钱。结果有一次妻子的父亲生病了，妻子跟丈夫讲："这一次，我能不能寄300块钱回家？"如果丈夫回答说：

"上次我妈妈生病，我也没有多寄钱回家呀。"这句话一讲出来，那就已经是提款了。如果丈夫说："那我给你 299 块钱。"这是存款还是提款呢？从客观上讲，已经增加了 199 块钱，但是妻子心里感觉很不好，还是一个提款。这时丈夫不妨这样说："300 块哪里够？我们寄 600 块回家！"这时，太太反而可能回答说："哎呀！不用！不用！300 块钱就够了。"我们需要体恤、理解对方的需要，特别是对方心里的感觉。

另外，我们也可以通过幽默的方式来存款。一男士回家吃饭，发现餐桌上的鸭子只有一条腿，便问太太。太太说："我们家的鸭子就只有一条腿。"男士不信，便与太太来到河边，看到休息时的鸭子果然是将一条腿蜷起来的。男士便拍了拍手，鸭子受惊游了起来，显现出两条腿。男士说："看，明明是两条腿。"太太借机说道："对呀，有掌声才是两条腿。"男士这才明白，原来太太是嫌他平时对自己的赞美和肯定太少，这才歉疚地笑了出来。一件本来会引起夫妻争执的事就在妻子的幽默智慧里化为无形。

其实，大部分夫妻相处时间长了，并不是没了感情，而是失去了亲密感。而存款练习是帮夫妻找回亲密感很好的方式。看似不起眼，但是坚持累积，就会变成意义深远的巨额存款，许你一个踏实幸福的未来。

你会变成你所爱或所恨的人

予人玫瑰，手有余香。

——（英国）谚语

从前，有一个青年以制造面具为生。一天，他的一位远方朋友来拜访他，见面后，朋友就问他："你近来脸色不大好，到底是什么事使你生气呢？"青年觉得很奇怪，回答说："没有呀！""真的吗？"他的朋友似乎不大相信，但也没有多说就回去了。半年后，那位朋友路过此地，又来拜访他，见面又说："你今天的脸色特别好，和上次见你时完全不同，有什么事情使你这么高兴啊？""没有呀！"他还是这么回答。"不可能的，一定有原因。"他的朋友疑惑地说。

在他们聊天后，这个青年才忽然想起来。原来，半年前，他正忙着做魔鬼强盗等凶残人物的面具，做的时候心里总是在想咬牙切齿、怒目相视的面相，自然也就表露在了脸上。最近，他正在制造慈眉善目的面具，心里想的都是些可爱的笑容，脸上也自然随之显得柔和了很多。

这似乎正应了中国那句古话——相由心生。世间万物其实并没有改变，繁花依旧似锦，白雪仍旧如银，但不同的心境，却会产生不一样的感情。当我们心里咬牙切齿的时候，繁花似锦也会显得凌乱庞杂，银装素裹也会变得失去生机。所谓境由心造，大抵就是如此吧。

当你非常痛恨别人的时候，你的心里就多是对他青面獠牙的想象，久而久之，你的面孔就会和他最接近。同样的道理，如果有一个朋友和你关系非常好，你的心里也会经常想着他。两个人的长相同样会越来越像。

在日常生活中，我们会看到很多每天形影不离的好朋友，无论是生活习惯上，还是神态、举止上，甚至个性气质上都有很多相似之处；很多共同生活了几十年的夫妻，也是长相越来越接近，就是我们平时所说的夫妻相。有人也许会说，这是饮食习惯、生活习惯的相似所导致的一种生理现象。但总体来说，人都是情感性、意念性的动物，内心的"观想"有时候真的可以改变我们的心态，进而影响我们的容颜。所以，我们应该时常提醒自己："你会变成你所爱或所恨的人。如果你想变得越来越漂亮，越来越明媚，那么，多去看他人的优点，多去想你所爱人的优点，少去怨恨别人的缺点，远离那些仇恨带给我们的伤害。"

在古希腊神话中，有一位大英雄叫海格力斯。一天，他走在坎坷不平的山路上，发现脚边有个袋子似的东西很碍脚，于是，他踩了一脚，谁知那个袋子不但没被踩破，反而膨胀起来，并不断地扩大着。海格力斯恼羞成怒，操起一根碗口粗的木棒砸它，那袋子竟然一直膨胀到把路都堵死了。正在这时，山中走出一位圣人，对海格力斯说："朋友，别动它，赶快离开它远去吧！它叫仇恨袋，你不侵犯它，它会平凡无碍；你若侵犯它，它就会膨胀起来，挡住你的路，与你敌对到底！"

这便是埋藏在人性深处的仇恨，一旦触及便会迅速膨胀。爱生爱，恨生恨。当愤怒、暴躁、指责等负面情绪影响了一个人的心情时，这些内在的破坏性能量也会影响我们的表情，久而久之，让我们变得面目狰狞。恨会让世界变成悲惨的地狱，而爱则让世界变成无忧的净土。当我们的心里燃起的是对未来的美好期盼、对心爱的亲友的祝愿，对生命无限的敬畏时，我们的灵魂就会变得喜乐、安详，也会因此散发出缕缕微光。

从前，有两位僧人结伴同行，行脚托钵，云游天下。他们在石窟、森林、溪涧的旁边，搭建简单的茅棚，白天随缘度化，以信徒的粥饭为食。晚上便住在茅棚里，结跏趺坐，参禅用功。日子过得逍遥自在，精进踏实。

一天，两人照常在一家施主那儿用过简单的斋饭，准备回到石窟。他们途经恒河岸边的一座焚尸场，其中一个僧人突然指着一堆尸体中的一具，愤愤地说："都是你这个害人的东西！"然后拿起地上的皮鞭，使出全身的力气重重地抽打在尸体上。

另一个僧人见了，赶快抢下鞭子，责怪他："你这是怎么了？这个人死了，已经很可怜了，你怎么还如此残忍地鞭打他，他究竟和你有什么冤仇？"

"对，这具尸体正是我的冤家对头！他就是前世的我啊！前世的我虽然拥有了宝贵庄严的人身，却不知道善加运用，反而依恃雄厚的资源，杀盗淫妄、作奸犯科，做尽世间伤天害理的恶事，最后失去了人身，堕入无间地狱，承受无尽的痛苦煎熬。这具尸体使我坠落三恶道。因此我要重重地鞭笞他，以示警戒！"出家人神情严肃地回答。

不久后的一天，两人又经过焚尸场。那位曾鞭笞自己前世尸体的僧人突然对着那具尸体敬敬地焚香膜拜，并且往四周遍撒鲜花。

身旁的同伴满脸疑惑地问道："真奇怪！上回你看到这具尸体就鞭打，说是你的前世，你的仇人；这回看到却顶礼再三，恭敬有加，却是何故？"

"你不知道，过去我做尽坏事，受完痛苦的果报之后，知道虔诚忏悔，痛改前非。终于又感动了佛陀，保有了人身，重新做人，成为谨守三皈五戒的佛门弟子，奉行十善，才有了今日出家修行的因缘啊！这具尸体是使我离苦得度的大恩人，因此我要对他散布香花，恭敬礼拜。"

原来，这位僧人鞭笞和礼拜的，都是自己！

世事无常，人也无常。善变、易动摇是人的特质之一，但只要我们认清自己心性里哪些是好的，哪些是坏的，严格地把它们区别开来，坚持"诸善奉行，诸恶莫作"，那即使今天还是恶贯满盈的罪犯，明天也可以如佛陀般慈悲渡世。因为人的"善变"，也可以被理解为"可塑性强"，问题只在于我们想让自己的心性，朝哪个方向走去。

西方有个经典的小故事，说的是一个小偷偷羊被抓了，头上被人刻了 ST（英文"偷羊贼"的缩写）两个字母。后来那个小偷痛改前非，努力行善，很多年后，当有人问起他头上字母的含义时，那些被他帮助过的人就会回答："也许是圣徒（英语里偷羊贼和圣徒的缩写都是 ST）的意思吧。"

最初的陪伴，就是最后的需要

屋里若有爱长驻，有友情为贵客，就是真正的，甜蜜的家。
因为在那儿，灵魂可以休息。

——（美国）亨利·凡·戴克

对于一些人，我们总是说不出他们到底哪里好，但没办法，
他们就是无可替代。也许就像那个很经典的小故事里说的：
"有种朋友不是很聪明，却值得你终生拥有。"我们不妨先
温习一下这个很短，也很暖的小故事吧：

猫和猪是好朋友。一天，猫掉进了陷阱里。猪拿来绳子，
猫叫猪把绳子扔下来，结果它将整捆都扔了下去。猫很郁
闷地说："这样扔下来，怎么拉我上去？"猪问："不然怎
么做？"猫说："你应该拉住一头绳子啊！"猪听了就跳了
下来，拿住绳子的一头，说："现在可以了！"

猫哭了，哭得很幸福。

我们和很多人的关系，就是这样。虽然我们常开玩笑说：
"不怕神一样的对手，就怕猪一样的队友。"但我们若是真
遇见了故事里这么笨的伙伴，可能此生也没有多少遗憾了

吧。鲁迅先生赠给瞿秋白先生的那句"人生得一知己足矣，斯世当以同怀视之"，大概也是类似的意思。

除了友情以外，我们生命中诸多美好的事物都是如此，爱人、子女、梦想的生活状态……也许他们和我们最初设想的有很大差别，但当我们一起经历过人生的烟雨和岁月的风霜，一起驻足回首时，我们的手已经不知不觉地十指紧扣了。这种感觉，是多么温暖动人呢？

不过，并不是每个人都懂得"珍惜眼前人"这个简单的道理，我们总是在跌跌撞撞中，在摸爬滚打中，才渐渐明白了幸福的真义。从前，有个和我们一样的男孩子，他住在山脚下的一幢大房子里，他喜欢动物、跑车、音乐和漂亮的女孩子，他爬树、游泳、踢球……像所有男孩子一样，他的生活充满了各种美妙的幻想。

一天，男孩子对上帝说："我想了很久，我知道自己长大后需要什么。"

"你需要什么？"上帝问。

"我要住在一幢前面有门廊的大房子里，门前有两尊圣伯纳德的雕像，并有一个带后门的花园。我要娶一个高挑而美丽的女子为妻，她性情温和，长着一头黑黑的长发，有一双蓝色的眼睛，会弹吉他，有着清亮的嗓音。我要有三个强壮的男孩，我们可以一起踢球。他们长大后，一个当科学家，一个做参议员，而最小的一个将是橄榄球队的四分卫。我要成为航海、登山的冒险家，并在途中救助他人。我要有一辆红色的法拉利汽车，而且永远不需要搭送别人。"

"听起来真是个美妙的梦想，"上帝说，"希望你的梦想能够实现"。

后来，有一天踢球时，男孩磕坏了膝盖。从此，他再也不能登山、爬树，更不用说去航海了。因此他学了商业经营管理，而后经营医疗设备。他娶了一位温柔美丽的女孩，长着黑黑的长发，但她不高，眼睛也不是蓝色的，而是褐色的；她不会弹吉他，甚至不会唱歌，却做得一手好菜。因为要照顾生意，他住在市中心的高楼大厦里，从那儿可以看到蓝蓝的大海和闪烁的灯光。他的屋门前没有圣伯纳德的雕像，但他却养着一只长毛猫。他有三个美丽的女儿，坐在轮椅中的小女儿是最可爱的一个。三个女儿都非常爱她们的父亲，她们虽不能陪父亲踢球，但有时她们会一起去公园玩飞盘，而小女儿就坐在旁边的树下弹吉他，唱着动听而久萦于心的歌曲。他过着富足、舒适的生活，但他却不足以购买红色法拉利。

一天早上醒来，他记起了多年前自己的梦想。"我很难过"，他对周围的人不停地诉说，抱怨他的梦想没能实现。他越说越难过，简直认为现在的这一切都是上帝同他开的玩笑。妻子、朋友们的劝说他一句也听不进去。

最后，他终于悲伤地病倒住进了医院。一天夜里，所有人都回了家。他对上帝说："还记得我是个小男孩时，对你讲述过我的梦想吗？"

"那是个可爱的梦想。"上帝说。

"你为什么不让我实现我的梦想？"他问。

"你已经实现了。"上帝说，"只是我想让你惊喜一下，给了一些你没有想到的东西。我想你该注意到我给你的东西：一位温柔美丽的妻子，一份好工作，一处舒适的住所，三个可爱的女儿——这是个最佳的组合"。

"是的，"他打断了上帝的话，"但我以为你会把我真正希望得到的东西给我。"

"我也以为你会把我真正希望得到的东西给我。"上帝说。

"你希望得到什么?"他问。他从没想到上帝也会希望得到东西。

"我希望你能因为我给你的东西而快乐。"上帝说。

他在黑暗中静想了一夜。最终,他决定要有一个新的梦想,这个梦想就是:他已拥有的一切。后来他康复出院,幸福地住在自己的公寓中,欣赏着孩子们悦耳的声音、妻子深褐色的眼睛以及精美的花鸟画。晚上他注视着大海,心满意足地看着明明灭灭的万家灯火。

爱是花在彼此身上的心思

卡农的由来：如果爱，请深爱

若爱，请深爱；如弃请彻底。不要暧昧，伤人伤己。

——（古希腊）柏拉图

如果要评出历史上被各种电影使用次数最多的乐曲的话，卡农肯定是当之无愧的冠军。《我的野蛮女友》、《爱有天意》、《凡夫俗子》……许多电影里最催泪的桥段，都伴随着卡农的悠扬婉转，如泣如诉。其实，卡农并非曲名，而是一种曲式，是一种音乐谱曲技法：一个声部的曲调自始至终追随着另一声部，数个声部的相同旋律依次出现，交叉进行，互相模仿，互相交织，缠绕，追逐……直到最后一个小结，最后一个和弦，它们才终于融合在一起，不再分离……这种缠绵婉转的音乐，就如同一个婉转唯美的爱情故事，两个人相偎相依，不离不弃……

而我们常说的卡农，其实是德国音乐家帕海贝尔以此技法创作的一首《D大调卡农》。只是由于这首乐曲实在太有名，所以人们就直接称它为卡农。说到这首让无数人蓦然安静、悄然沉醉的乐曲，就不得不提关于它产生的一个同样令人心碎的故事。

1653年9月1日，帕海贝尔出生在德国纽伦堡，在那个战乱频繁的年代里，帕海贝尔从小就四处流浪。10多岁时，他流浪到了英国的一个小村庄，村庄教堂的一个琴师看他可怜，便收养了他。时间久了，耳濡目染之下，帕海贝尔也学会了弹钢琴，时不时还能即兴创作一些动听的曲子，这让琴师十分惊叹。

在帕海贝尔所在的村庄隔壁，有一个镇子，镇上有一个有钱有势的家族，但他们家族最令人称道的不是金钱和权势，而是家里的小公主——芭芭拉·盖布勒。芭芭拉是镇上最漂亮的姑娘，追求者络绎不绝。但芭芭拉自从到教堂听了帕海贝尔弹的曲子，就没再看过其他追求者一眼，她深深地爱上了这个默默无闻的弹琴的小子。但木讷的帕海贝尔心里只有音乐，压根就没注意到芭芭拉眼里的爱慕。害羞又"恨铁不成钢"的芭芭拉最后想了个妙招——学钢琴！她三两下就说服了家里让她每周去教堂学钢琴，而帕海贝尔也乐意收下这个一脸诚恳地说热爱音乐的徒弟。

之后师徒二人的相处并不愉快，芭芭拉的音乐天分并不算高，加上她本来的目标就是不是弹琴，而是帕海贝尔，所以琴技一直没有多大进步。这让对音乐孜孜以求的帕海贝尔大为恼火，每当他看见芭芭拉摆出一副大小姐模样，这喊累那喊无聊时，便忍不住一顿批评教育。委屈的芭芭拉虽然很不甘，但还是一直跟着帕海贝尔，希望他总有一天能明白自己的心意。

但是，帕海贝尔始终是"榆木疙瘩"一个，他在一次又一次的失望之后对芭芭拉说："你走吧，我看得出来，其实你并不喜欢钢琴，你还是去做你喜欢做的事吧！"芭芭拉听后伤心不已，但她还是不好意思向帕海贝尔表白，倔强的她最后认真地说道："谁说我不喜欢?! 我回去一定会好好弹琴，半年后，我要在镇上一年一度的钢琴比赛里拿第一!"

为了向心爱的人证明自己，芭芭拉在这半年里勤奋地练习着，饿了就让佣人送些吃的，困了就趴在琴上睡一会儿。就这样，爱情的力量让芭芭拉的琴技突飞猛进，半年后如愿以偿获得了钢琴比赛的冠军。芭芭拉兴奋地拿着奖杯去找帕海贝尔，经过这半年的相思，她已经下定决心向帕海贝尔表白了。可等她到了教堂才发现，帕海贝尔已经被征兵，拉去打仗了。芭芭拉失落地拿着奖杯，喃喃地说："帕海贝尔，我等你回来！"

转眼过去了3年，芭芭拉每天在忧郁的琴声中等待着心爱之人的归来，期间许多人上门求婚，都悻悻而归，芭芭拉的父母也拿她没办法。镇长的儿子也看上了芭芭拉，为了让芭芭拉断了对帕海贝尔的念想，他便托人找了一具已经无法分辨容貌的尸体，告诉芭芭拉这就是战争中不幸身亡的帕海贝尔。望着"帕海贝尔"的尸体，芭芭拉仿佛被抽空了一般，她默默守着尸体三天三夜，谁劝也没有用。就在第三天晚上，她跑到当时帕海贝尔教她弹琴的教堂里，割腕自杀了。

其实，帕海贝尔并没有死，而且，在最开始芭芭拉离开他的半年里，他已经发现自己有点离不开这个淘气的小公主了。他发现自己当初只是因为对于教琴过于认真，才让生气盖过了自己对她的喜欢，他也终于发觉芭芭拉其实也是喜欢自己的。不懂如何表达的帕海贝尔便打算写一首动人的情歌作为向芭芭拉求婚的礼物，只是，当乐曲只完成了1/3的时候，他便被招去打仗了，在战火纷飞中，他愈发思念芭芭拉，便在每次修整的闲暇，用浓浓的思念，完成了乐曲剩下的 2/3。

就在芭芭拉自杀后第二个月，战争结束，帕海贝尔回来了。当他得知了所有事后，忍不住号啕大哭：为何天意如此弄人?! 之后的一次礼拜时，帕海贝尔召集了镇上的所有人，他强忍着泪水，第一次弹出了这首完整的《D 大调卡农》，在这交织着太多思念和不舍，却又美到极致的琴声里，所有人都留下了感动的眼泪……

其实，这个故事的真实性一直以来都有争议，有人说，芭芭拉其实是死于瘟疫，有人则说死于难产……但不管真实的历史如何，每个用心听过这首乐曲的人都会知道，只有最深沉而真挚的情感，才能孕育出如此动人的旋律。

爱是青春永恒的主题之一，在青春激昂的主旋律下，那温柔婉转的爱恋之歌也是必不可少的组成部分。也许谁都会在青春的爱恋里受伤，但就像那句印度箴言所说："热烈而深沉地爱吧！也许你会受伤，但这是使人生完整的，唯一方法。"

充实还是空虚？慎抛爱的硬币

一个人一生可能会爱上很多人，等你真正获得属于你的幸福之后，你就会明白，以前的伤痛其实是一种财富，它让你更好地把握和珍惜你爱的人。

——《泰坦尼克号》

《新桥恋人》里的米歇尔说："梦里出现的人，醒来时就该去见他，生活就是这么简单。"至今仍然震撼于这部电影里所诠释的那种疯狂的爱，绝望的爱，不顾一切得让人想逃避，但是他们活得无比真实，或是说为了爱无比真实地活着。在他们眼中，爱情正如新桥上那场烟花，虽易逝难存，但那极致的绚烂会永远留存在人的记忆里，所以他们不会错过生命中任何一场烟花。

爱就是要山河无尘、朗朗清清。如果有爱，就不要有其他，那些只会弄脏了爱。而爱中应该没有惧怕、没有功利、没有权衡、没有身家背景。倘若一开始就计算的清明、守护的周全，那便不能算是爱。爱就要坦坦荡荡，不管他们的前途是否茫茫，未来是否恓惶，只知道，此时此刻，有爱就够了。

但爱情不是一个凝固不变的点，而是一条流动的河。这条河中有壮观的激流，但也必然有平缓的流程；有明显的主航道，但也可能会有支流和暗流。除此之外，天上的云朵和两岸的景物会在河面上投射出倒影，晚来的风雨会在河面上吹起涟漪，打起浪花。所有这一切都是这条河的组成部分，共同造就了我们生命中的美丽的爱情风景。

"每天夜里／见到你／感觉你／我知道你没有远离／穿越千里万里来到我的身边／告诉我你没有远去／无论咫尺与天涯／我深信这颗心永不移／你再次打开我的心扉／珍藏在我的心里／我心永相伴着你／守住情我们／真情永恒一生一世。"

这首《我心永恒》，作为电影《泰坦尼克号》主题曲，尽显悠扬婉转和凄美动人，深受人们的喜爱。但人们喜爱的不仅仅是这首歌曲本身，更在于这首歌曲代表着爱情的美好与永恒。

爱情犹如一剂良方，可以把我们从没有幻想的单调生活中解救出来，可以使我们的想象力不再流于贫乏，可以使让我们过度理智的生活重新焕发出浪漫的光彩。爱情给我们以自由，让我们进入想象力的神圣世界，使我们的心灵得以扩张，流露出原本被凡俗生活掩盖的渴望与需求。柏拉图式的恋爱，并不仅仅是"没有性行为的爱情"那么简单，而是要在人的肉体和人际关系之中，寻找通往永恒之爱的路径。

然而，爱情绝不是单纯的。过去的纠葛，未来的希望，以及种种鸡毛蒜皮的琐碎小事，只要与对方有一点点联系，都会对爱情产生深远的影响。我们总是期待着爱情的抚慰，却往往惊讶地发现，它也能在我们心中留下空虚和裂痕。分手的过程常常是漫长而痛苦的，永远无法真正了结。我们可能永远也无法确定分手的决定究竟是对是错。就算分手能让心灵获得些许宁静，但当初热恋的激情也会存留在记忆中，在梦境里反复出现。没有机会表达的爱，同样会折磨人们的情感。

充实与空虚，恰恰是爱情硬币的正反两面。一段新的恋情，可以抚平我们心中的创伤，让我们的生命更加圆满。但同时，又会为我们带来新的问题，新的痛苦。但我们完全可以不在乎，因为爱情本身具有一种自我复苏的力量，爱情本身永远是年轻的，如同希腊神话中的女神，只要在遗忘之水中沐浴一番，就能恢复贞洁。因此，与其在失恋的痛苦无望中形销骨立，倒不如坦然接受爱情造成的空虚，因为空虚是爱情本质的一部分。我们不必刻意避免重蹈覆辙，遭受失恋的打击之后，我们所能做的就是驱散心中的怀疑，再度投入爱情之中，尽管我们已经体验到了其中的黑暗和空虚。

所以，未经失恋的人是很难懂得真正的爱情，未曾失意的人也不会懂得人生。爱一个人，这个人就成了自己的一切，除他之外的整个世界似乎都可以不存在了。那么，一旦失去了这个人，是否就失去了一切呢？不。恰恰相反，整个世界又在我们面前展现了，我们重新得到了一切。

因为爱情恰是这样一种欲望：和某种美好的事物结合在一起，俗世的乐趣往往能够引领我们通往永恒的精神享受。爱情既是两个人之间纯粹世俗的关系，也是通往心灵深层经验的途径。爱情让身处其中的人们感到困惑，因为它对心灵的影响，并不总是和人际关系的节奏与需求协调一致。

人一生并不是只能爱一次，一生只有一次爱情的人才真正是痛苦的，也是真正失败的。当然，这也并不是否定"梁山伯与祝英台式"的爱情，他们对爱情的忠贞固然可歌可泣，但并不能把爱情作为生命的全部意义，以至于情侣中一方离世，另一方就以殉情方式来向世人呈示自己对爱情的忠贞。这样的爱情是一场悲剧。那些用殉情方式来结束生命的也只不过是爱情殉葬品，他们的死不是因为忠贞，而是没有能力承受失去爱情的痛苦。《泰坦尼克号》中的罗丝是懂得爱情的，罗丝与杰克的爱是炽烈的，以至于杰克为之牺牲了生命，按照常理罗丝应该殉情以示忠贞，但是罗丝没有这样做，他更加珍惜杰克用自己生命换来的生命，开始了新的生活：与人相爱、结婚、生子，好好地度过了自己的余生。任何人都不能批判罗丝嫁夫生子就是对杰克的背叛。

一个人的爱情经历并不限于与某一个或某几个特定异性之间的恩恩怨怨，而且也是对于整个异性世界的总体感受。

真正的爱，并不是从一而终地爱一个人，也不是随心所欲地爱很多人，而是即使爱情离去，即使要忍受巨大的痛苦与空虚，却仍然可以保有一颗爱人之心。

爱情保鲜术：多点心思，少点心眼

爱就是我们花在彼此身上的心思。

——佚名

爱情让两个人彼此了解、彼此深入，而婚姻则是爱情圆满的终点，至少童话故事都是这样告诉我们的。而童话永远不会教给我们的是生活，那事事落到实处的生活。纵使有爱情进驻也不会改变生活原有的轨迹，不过是多了一个人面对那些日常的琐碎。要在这些琐碎中依然保有温柔、尊重和爱情，就需要许多的智慧。

日本女作家林真理子的《美女入门》中这样写道："我想对许多年轻女性说一声，千万别对结婚抱有太多幻想。什么扎着雪白的围裙，为最心爱的他做火腿煎蛋和加奶红茶，等等，这与现实相差太远。所谓结婚就是想为他'奉献'的天真幼稚在现实中接二连三地消失殆尽的过程。最好在结婚前有个适当的心理准备。"

从陷入热恋，到热情冷却，再到意识到彼此的不同，进入稳定的相恋状态，是爱情的第一个磨合期。当你决定让两人的关系提升到一个新台阶，从单身状态进入两人世界，这时，你就已经进入了爱情的第二个磨合期。我们往往对第一个磨合期关注太多，却忽略了第二个磨合期才是真正的考验。

热恋的时候，哪怕彼此再真诚，我们也总会下意识地只向恋人展现自己最美好的一面。可是开始朝夕相对地生活以后，你看到他穿着假冒的 C&K 内裤，光着膀子在水池前洗背心，刚换下的臭袜子一只扔在地上，另外一只塞在沙发垫子下面；他看到你蓬头垢面、穿着睡衣在房间里晃悠，没化妆的脸上只有半条眉毛。上帝啊，你确信你的心脏已经坚强到可以接受这样的场面了吗？

可是既然如此，我们为什么还要坚持在一起呢？

因为，没有人是完美的。所以，没有人有权利要求对方时时刻刻都要保持一百分。而度过第二个磨合期的过程，正是让我们知道、让我们尝试，怎样去爱一个不完美的人的过程。两个人在一起，并不是单纯的 1 加 1 等于 2，总有些意料之外的问题跳出来。

夫妻在面对困境、危机时，也并非只有一种应对模式，也可以选择以不同的情绪、相异的观点来积极思考解决问题的方案。下面就给出了几个情景，以及可供参考的解决方法。

情景一：在一起以后，一切都不一样了。你喜欢和朋友出去聊天泡吧，他却宁愿关在家里看碟片。你半夜回到家的时候，看见他强忍着睡意，眼睛眨巴眨巴地看着你："怎么这么晚才回来？"这样的情况多出现几次，难保不会发展成互相埋怨和争吵。再或者，你的朋友喜欢到你家里来玩，甚至聊天聊得开心就干脆住在你们家。对此，你的那个他又会有什么想法？

当两个人的生活习惯不相同时，可以制定一个大家都要遵守的规章制度，每个人都要做出让步，这是第二个磨合期的游戏规则。

情景二：他每天下班以后都跷着二郎腿躺在沙发上看报纸，而你却不得不像他妈妈一样跟在他身后唠叨，"你明天别忘了交电费"或者"我跟你说了多少次了，脱下来的外套要顺手挂起来"。很快，你们两人都会不高兴。你觉得自己像是他的佣人，他则觉得自己刚逃离了妈妈的笼子又掉进你的笼子。你们都觉得自己被骗了。

当双方都有这样的感觉时，不妨找支笔，找张纸，把每个礼拜要做的家务事无巨细地写下来。然后，大家一起看一遍，各自先把自己比较喜欢或者不那么讨厌的家务挑出来。你讨厌洗碗，他也讨厌洗碗，但是你比较不介意拖地板。好的，作为你主动选择拖地板的补偿，洗碗这活儿最后归他了。最主要的是，双方都要觉得这很公平。再或者，花点钱，周末请个钟点工来打扫一下也可以。

情景三：你从小在大城市里长大，习惯了要什么父母就给买什么的生活，舍得用自己一个月的薪水去买一只名牌包包；他小时候在小镇里生活，习惯了节俭的生活，在超市买东西的时候会忍不住先比较一下同类产品的价格。在一起生活之前，这些生活方式上的差异被忽略了，但是现在，彼此的一举一动都在对方眼皮底下。如果你们对未来还有个大计划（比如买房），争吵的导火线就更容易被点燃了：因为你们其中的一个已经全心投入，每天带着自己做的便当去上班；另一个却仍然大手大脚，一个礼拜就买了3件新衣服。

这样的情况下，如果你们有一起买房或买车的计划，就设立一个储蓄账户，每个人每个月都要存一笔固定的款项进去，剩下的算是自己的小金库，爱怎么花就怎么花。

情景四：你是家里的宝贝，他也是。你放不下你的老爸老妈，他也是。你不可能把他完全占为己有，也许有时候，他的父母会过来看望他一下，住上一阵子，两人世界被打破了。他的家人对你来说只是陌生人，你们很有可能性格不合。也许还有更糟糕的：他们说不定还会暗地里把你和他的前任女友作比较，并得出"现在这个不如以前的好"的结论。同样，他也面临着和你一样的挑战。结果很可能会演变成你和你的爸妈联合起来对付他，或者他和他的爸妈联合起来对付你。

你可以把他的家人当作是需要讨好的客户来好好对待，可以多问些关于他小时候的事情，他的老妈一定会精神百倍地把他所有的事儿都抖出来，并对你的好感大大增加。要注意的一点是：他的爸妈有的时候可能会对你抱怨自己儿子的种种不是，这时候可千万不要插嘴附和。你只要保持微笑，做一个乖乖的倾听者就好。

当两个人在一起时，要时刻提醒自己接纳和包容对方，还要有敏锐的洞察力。人们在处理两人关系时应该让自己从容地使用幽默、爱、尊重、善意。多点心思，少点心眼，多点付出和倾听，少点懒惰和抱怨，爱情才能常新常鲜。

做攀援的凌霄花，还是他近旁的木棉？

我如果爱你——绝不像攀援的凌霄花，借你的高枝炫耀自己；我必须是你近旁的一株木棉，作为树的形象和你站在一起。

——（中国）舒婷

有一个很有趣的故事：一个女人要从三名追求者中选一位作为结婚对象，她做了一个测验：她让每个男人从银行卡里拿出 5000 元，然后观察他们如何处理这笔钱：

第一名追求者把钱又存了起来，他告诉她："我是个顾家的男人，绝不私自花一分钱！"女人听了非常感动。第二名追求者用钱买了钻戒向她求婚，他告诉她："我所有的钱都只为你一个人花！"女人听了大为感动。第三名追求者则买了好多东西孝敬丈母娘，他告诉她："我爱你，也包括你的家人！"女人听了相当感动。

最后，你们知道女人选择了谁吗？没错，女人选择了他们当中最有钱的那个！

在我们莞尔一笑的时候，也许并没有意识到：其实，我们很多人都是这样的！在工作、交友，尤其是择偶时，我们的选择标准往往随着现实的洪流，从最初的兴趣、缘分、感情，身不由己地涌向了同一个方向，同一个字——钱。

我们经常能够看到：很多大学生谈恋爱时虽然没有香车没有洋房，但是两个人一起上学、一起骑着单车在公园里游玩，那清脆的笑声，多半都会成为他们生命中最宝贵的记忆。因为，那样的爱很纯粹，很安静。没有车水马龙的喧嚣，也没有声名鹊起的得意，有的只是一种抛开生命负荷的豁达与青春的美好。希望那些对财富眼红心热的女人多去回忆一下自己曾经单纯的爱情与幸福，也好在人生旅途上不至于越走越远，迷失在金钱的迷宫里——求富求贵，却抽空了自己的生命。

仔细想来，那些在生活中爱给自己编织美梦的人，虽然在梦中变成了童话里的主角：挽着王子，骑着白马，披上白纱……一切都是那么美好，但这样的梦其实只是一个包裹了美丽外衣的小丑，因为它的潜台词并非爱情，而是：好吃懒做和好逸恶劳。将自己关在一个金色的鸟笼里，甘心做那衣食无忧的观赏鸟。对此，亦舒的那首《致橡树》无异于一记响亮的耳光。诗里最著名的两句："我如果爱你——绝不像攀援的凌霄花，借你的高枝炫耀自己；我必须是你近旁的一株木棉，作为树的形象和你站在一起。"着实让现在的很多女人汗颜。

其实，我们稍微考量一下男人的心理也知道：虽然攀附他们的凌霄花很美丽动人，但身旁的一株独立的木棉，也许能给他们带去更多的温暖和感激。那些"王子"，其实并不喜欢娇弱的"小公主"，而是独立的女人吧。聪明的你，可别被童话给骗了啊！

说到橡树身边的木棉花，除了亦舒自己，也许最让人们交口传诵的，就数梁思成先生的妻子——林徽因女士了。

中国著名的建筑学家林徽因和梁思成夫妇是在情感上相濡以沫、事业上相互扶持的一对。婚后不久梁思成就到东北大学任教，林徽因则回福州看望母亲。然而，由于梁思成是该校建筑系第一位系主任，又是所有课程的教师，所以工作上千头万绪，忙得不可开交。他写信让林徽因尽快赶到东北，帮他处理一些杂事。林徽因没有抱怨，她火速赶来，在建筑系担任专业英语和建筑设计课的老师。林徽因的才情尽人皆知，但她同时也是认真、敬业的一个称职的老师，她不怕辛苦，为梁思成分担了不少压力。

后来，二人同时应聘到"中国营造学社"任职，从事中国古代建筑的研究。林徽因甘心协助丈夫搜集资料、绘图摄影、研究历史典籍、制作、整理卡片。在林徽因的支持与帮助下，仅用了很短的时间，梁思成的两部专著就完成了。

之后，林徽因又辅佐梁思成设计了燕京大学女大学生宿舍，并在两年后陪同梁思成远赴山西，考察云冈石窟……

这样的例子数不胜数，梁思成怎能不感动呢？对这样一位贤内助，他用自己著作中序言的一段话表达对妻子的尊重与感谢："内子林徽因在本书中为我分担的工作，除绪论外，自开始至脱稿以后数次的增修删改，在照片之摄制及选择，图版之分配上，最后更精心校读增削，我实指不出分工区域。所以至少说她便是这书一半的著者才对。"

即使我们不是文采斐然的才子才女，但我们依然可以做丈夫或妻子的好帮手。夫妻之间，应该永远互为学校，互为老师，互为人生的向导。只有当你像呵护你自己这般关爱你的另一半，你才会发现你在他心中是最有价值的，是生命中不可或缺的，他亦会满怀深情地呵护着你。在相互的关怀和扶持中，爱情的炉火才会永远温暖。

当断则断，莫把过客作归人

枫叶千枝复万枝，江桥掩映暮帆迟；忆君心似西江水，日夜东流无歇时。

——（中国·唐代）鱼玄机

"你走过那么多地方，为什么从来不去那个城市？"

"因为我怕。"

"怕什么？"

"怕遇见一个人。"

"偌大的城市，想要遇见一个人，谈何容易？"

"是的，我也怕遇不见那个人……"

一个人在此尘世一生，也许只是为了遇到一个人，纵使分离，纵使背弃，仍难两相遗忘。因为遇到，已是生命莫大的恩赐，值得歌，值得哭。日本茶道崇尚"一期一会"，他们认为，人生的每次相遇，不论与一个人还是一杯茶都是这一生中唯一的一次。是的，生命其实可以这样简单：我们在此时此地相遇，我就爱上了你，别问我为什么，它只是突然来了，像惊蛰大地的春雷不曾预告就轰然来袭，而我爱上了你，一如大地回应以绿野。

或者就像 20 世纪八九十年代颇为流行的一首印度尼西亚民歌《哎哟妈妈》里唱的那样：

河里青蛙从哪里来

是从那水田小河里游来

甜蜜爱情从哪里来

是从那眼睛里到心怀

哎哟妈妈你可不要对我生气
年轻人就是这样相爱

人们都是这样，在不谙世事的年龄里硬生生地担负起择定终身的大任，他们的目光还青涩，精力还旺盛，野心也勃勃，世界在他们的眼里仿佛一个芬芳多汁的水果，随时等待被他们咬上一口，所以他们无所畏惧，只会不停地走下去。虽然这一走，可能就是一生。

晚唐时期，才子李亿入京为官，而鱼玄机在京城久擅诗名，是个人人称道的才女，与当时社会上有名的诗人都有不错的交情。后来，在温庭筠的撮合之下，鱼玄机和李亿二人一见钟情。在一个繁花似锦的三月天，李亿以一乘花轿将盛装的鱼玄机迎进了他为她在林亭置下的一幢精细别墅中。

林亭位于长安城西十余里，依山傍水，林木茂密，时时可闻鸟语，处处可见花开，是当时长安的富贵人家颇中意的别墅区。

在这里，李亿与鱼玄机日日相守，不管屋外尘世变迁，二人共度了一段浓情蜜意的美好时光。但是，李亿在江陵家中还有一个原配夫人裴氏。裴氏见丈夫离家去京多时，却一直没有音讯，就三天两头地来信催促李亿来接自己。无可奈何，李亿只好亲自东下将家中老小一齐接入京城，安顿妥当。

鱼玄机早已知道李亿有家眷，而接妻子来京也是情理中事，所以她没有多说什么，通情达理地送别了李郎。但在他转身离去的刹那，她面上的一抹苦笑，和着泪，在心底泛开。他走了这么久，她以为对他的思念已经到了极致，再不能多一点，也不容许少一点。但是在这条再熟悉不过的江上，这个再平常不过的傍晚，什么也没发生，世界都是原来的样子，她却因为想他而对着不知哪里的虚空哭泣。这一次，他成功地让她知道，她还是可以更想他一点的，正如永不停止流动的江水，她的相思也永难休歇。

只是，在最后的最后，她多想告诉他一句：我的经年由你而始，我的相思为你而不绝。请你记得回来，就好。说到这里，大家心下是否有了几分了然。才子佳人的故事究竟不能个个都圆满，这才让那些稀有的坚贞爱情弥足珍贵。

李亿将家眷接来京城后，二人相安无事大约五六年光景，李亿便厌弃了鱼玄机。但鱼玄机对他仍是一往情深，为他写下很多情诗，怀念他们从前的甜蜜时光。然而无论她怎样努力，都没能改变被始乱终弃的命运，她曾无可奈何地发出"易求无价宝，难得有心郎"的痛苦心声。不久，心如死灰的鱼玄机在咸宜观出家为女道士，并将原名鱼幼薇改作鱼玄机。

又要老生常谈地提起那句"自古红颜多薄命"了吗？或者，我们应该学会"当断则断"的智慧？其实，每个人心底都很清楚答案，只是，有些人宁愿这么一步步错下去。他们渴望在错到无以复加时，还有峰回路转的契机。对此，我们再多的劝诫都是徒劳无益的，不妨以郑愁予的《错误》为这个故事作结吧，也许这世间很多的姻缘都是个错误，人们被等待磨得失去耐心了以后，常常会把过客错认为归人，从而误了一生。只是，有些人会反问：那，又如何呢？

我打江南走过

那等在季节里的容颜，如莲花的开落

东风不来，三月的柳絮不飞

你底心如小小的寂寞的城

恰若青石的街道向晚

跫音不响，三月的春帷不揭

你底心是小小的窗扉紧掩

我达达的马蹄是美丽的错误

我不是归人，是个过客……

每天一杯正能量咖啡

coffee

梦里有春天，生命的寒冬就永不会来

希望是坚韧的拐杖，忍耐是旅行袋，携带它们，人可以登
上永恒之旅。

——（英国）罗素

那是一个秋天，有个刚做完手术的孩子，他的眼睛上还蒙
着纱布，等待光明。

一天，他摸索着来到了医院后院，坐在一棵大树下。他在
黑暗中幻想着将要看到的五彩世界，同时又担心手术不成

功。一片树叶飘到了他的头上，他随手一摸，拿到手里，自言自语地说："这是杨树叶，还是……"

"是杨树叶。"一个低沉的声音传过来，接着一双大手摸到了他的脸上，"小朋友，几岁啦?"

"12 岁。"

"你眼睛不好?"

"啊，从小就有毛病。伯伯，你说这世界美吗?"

"美啊! 你看，这天空是蓝色的，这远处的山雄伟挺立，那云朵洁白可爱。在咱们对面有一泓清水，水面上浮着粉红的荷花、碧绿的荷叶。这四周绿树成荫。嘿! 那边不知是谁在放风筝。你听，这树上的小鸟在叫，你听见了吧?孩子!"

"我听见了。"盲童的脑海中出现了一幅幅美丽动人的图画，他沉浸在欢乐中。蓦然，他抓住那个人的手问道："伯伯，我的眼睛能治好吗?"

"能，能! 孩子，只要你认真配合医生治疗，就会好的。"

以后，就时常看见这两个人在谈话。过了一段时间，这个盲童终于拆了线，他看到了光明。当他适应了刺眼的阳光后，便跑向了后院。他跑到那个黑暗中给予他欢乐的地方，用他那明亮的双眼向四周一望，他愣住了。原来，这里没有花木，没有清水，没有大山，有的只是一堵墙壁和一棵老树。在残秋冷风中坐着一个老人，他戴着一副墨镜，身边放着一根探盲棒。老人捧着一片杨树叶，在低低地说着什么。

以后，在这所医院里，经常可以看到一个少年拉着一位失明的老人，用他刚刚获得光明的双眼，向那位曾给过他一片光明的老人诉说。

确实，每个人的生命里都会有黑夜和寒冷，但只要你在黑夜里种一颗光明的种子，并坚定地相信它总会生根、发芽，最后开出光明的花朵，它就真的会开出奇迹的花朵。

但是，并不是每个人都能幸运地遇到一个能给自己带来希望的老人。虽然每当黑暗的苦难出现在我们眼前，我们总是渴望能有一个灯塔，或是一种神迹给予我们指引。可是，在这个嘈杂的世界里，我们每个人都是踽踽独行的，我们背负的所有行囊，也只是一腔热血和勇气而已。

不过，话说回来，这种独自面对黑暗和苦难的经历，何尝不是命运赐予我们的最光明的指引呢？也许，当我们终于穿过那满是泥泞的山路，穿过那无尽的黑夜，就会蓦然发现：天晴时，迷人的百合，早已开满山谷，早已开满我们的灵魂深处。

剑桥大学的教授克拉克在小的时候有一个梦想，希望自己能像心目中的英雄那样改变世界，服务于全人类。不过，要实现他的目标，他需要受最好的教育，他知道只有在英国才能接受他需要的教育。无奈的是，当时他身无分文，没办法支付路费，而且，他根本不知要上什么学校，也不知道会被什么学校招收。

但克拉克还是出发了，在艰难跋涉了整整 5 天以后，克拉克仅仅前进了 40 多公里。食物吃光了，水也快喝完了，而且他身无分文。要想继续完成后面的几千公里的路程似乎是不可能的，但克拉克清楚地知道回头就是放弃，就是重新回到贫穷和无知。

他对自己发誓：不到英国誓不罢休，除非自己死了。他继续前行。

有时他与陌生人同行，但更多的时候是孤独地步行。大多数夜晚，他都是过着大地为床、星空为被的生活，他依靠野果和其他可吃的植物维持生命。艰苦的旅途生活使他变得又瘦又弱。由于疲惫不堪和心灰意懒，克拉克几欲放弃，他曾想："回家也许会比继续这似乎愚蠢的旅途和冒险更好一些。"但他并未回家，而是翻开了他的两本书，读着那熟悉的语句，他又恢复了对自己和目标的信心，继续前行。

要到英国去，克拉克必须具有护照和签证，但要得到护照，他必须向英国政府提供确切的出生日期证明，更糟糕的是要拿到签证，他还需要证明他拥有支付他前往英国的费用。克拉克只好再次拿起纸笔给他童年时曾教过他的传教士写了封求助信，结果传教士通过政府渠道帮助他很快拿到了护照。然而，克拉克还是缺少领取签证所必须拥有的航空费用。克拉克并不灰心，而是继续向前进，他相信自己一定能通过某种途径得到自己需要的这笔钱。

几个月过去了，他勇敢的旅途事迹也渐渐地广为人知。剑桥大学的学生在当地市民的帮助下，寄给克拉克640美元，用以支付他来英国的费用。当克拉克得知这些人的慷慨帮助后，他疲惫地跪在地上，满怀喜悦和感激。经过两年多的行程，克拉克终于来到了剑桥大学。手持自己宝贵的两本书，他骄傲地跨进了学院高耸的大门……

克拉克经历了太多的苦难和不幸，但是他仍然怀抱希望，这也许，就是他最大的幸运！

是的，即使这条慢慢长路上只有我们自己踽踽独行，心里依然要揣满阳光。因为只要梦里有春天的美景，生命的冬天就永远也不会来临！

一心一意是这世上最温柔的力量

成大事不在于力量的大小，而在于能坚持多久。

—— （英国）塞约翰生

每个人都有梦想，每个人都渴望成功，但不是每个人都拥有追寻梦想、获取成功的必要素质。心理学上有一个著名的"瓦伦达效应"，它源自一个真实的故事：瓦伦达是美国一位著名的高空走钢索表演者，他在一次重大的表演中，不幸失足身亡。他的妻子事后说道："我知道这一次一定要出事，因为他上场前总是不停地说：'这次太重要了，不能失败！'而以前每次成功的表演，他总想着走钢丝这件事本身，而不去管这件事可能带来的一切。"后来，人们为了纪念他，就把那种不因为某种目的而患得患失，只是专注于事情本身的心态，叫作"瓦伦达心态"。这对我们也是极好的启迪，只有一心一意，心无旁骛，我们才有机会一步步接近心里的那个幸福所在。

有个一贫如洗的年轻人总是幻想着如何能够摆脱贫穷，但又不想付诸行动。他每隔两三天就会到教堂去祈祷，而且他的祷告词几乎每次都是一样的。

第一次他到教堂时，跪在圣坛前，虔诚地祈祷着："上帝啊，请念在我多年来敬畏您的分上，让我中一次彩票吧！"

几天后，他垂头丧气地回到教堂，同样跪在圣坛前祈祷："上帝啊，为什么不让我中彩票呢？我愿意更加谦卑地服侍您，求您让我中一次彩票吧！"

又过了几天，他再次出现在教堂，同样重复着他的祷告词。如此周而复始，他不间断地祈祷着。

到了最后一次，他跪着说："我的上帝，您为什么不垂听我的祈求呢？让我中彩票吧！只要中一次，让我解决所有的困难。我愿终生专心侍奉您。"

就在这时，圣坛上空发出了一阵宏伟庄严的声音："我一直在垂听你的祷告。可是最起码，你老兄也该先去买一张彩票吧！"

这个故事听起来既愚蠢又可笑，在现实生活中没有这样愚蠢的事，却有这样愚蠢的人，有很多人心中有好的想法却不愿或不敢行动起来，类似的事情在你身上也可能发生。想想你是不是常常渴望成功，却没有为成功做出过一丝一毫的努力？

关于这类故事还有另外一种版本。

有一位老教授，一生爱好收藏，早年在古董市场还不火热的时候，就收藏了许多价值连城的古董。他的老伴儿死得很早，留下了三个孩子。他一个人辛苦地将三个孩子抚养长大，本希望他们可以留在自己身边，可是这三个孩子相继出国了，忙自己的工作，很少回来看他。

孩子们不在身边，老人一直很寂寞，整日只有那些古董相伴。不过，老教授教出了不少好学生，没事回来家里陪他。其中，还有一个学生天天来陪他，两个人很谈得来，不仅仅是师生，几乎都成了忘年交。

关于学生陪老教授这件事，邻居们都议论纷纷呢，很多人都说："这个年轻人放着自己的正事不干，成天陪着老头子，好像很孝顺的样子，他这样做肯定都是为了老头子死后的遗产！"老教授的孩子们知道了这件事，也经常从国外打电话回来，叮咛老教授防人之心不可无，千万不要被他的表面给骗了。

"我当然知道，"老教授总是这么说，"我又不是傻瓜。"

老教授死了。律师宣读遗嘱时，三个孩子都从国外赶了回来，长期照顾老教授的那一位学生也到了。遗嘱宣读之后，三个孩子的脸都绿了，因为老教授居然把大部分的收藏都留给了那个学生。

同时，老教授还对这一决定在遗嘱上做了解释："我知道他可能看上了我的古董收藏。但是，在我寂寞的晚年，只有他才是真正照顾我、陪伴我的人！孩子们尽管爱我，但只是说在嘴里、挂在心上，却从来没有实际行动。就算我这位学生的热心都是假的，但是，能够这样陪我、照顾我十几年，连句怨言都没有，这是我的孩子们谁也做不到的。"

就像老人所说的，只是在嘴上说出美好的愿望却从不付诸实际行动的人是多么的不真诚啊。虽然在做事情的时候没有必要弄得众人皆知，但最起码要用行动来表现出自己的愿望。尽管行动有时候并不能帮助你达成愿望，但是没有行动的愿望就只能是空想，它永远都不具有实现的可能性。就像那句伊朗谚语说的："如果空喊可以盖起房屋，那驴子早就建成了一条大街。"

大多数的人，在一开始时都拥有很远大的梦想，却同故事中那位祈祷者一样，从未为梦想做过什么实际行动。缺乏决心与实际行动的梦想，只能渐渐枯萎。你也会因此不敢再存任何梦想，过着随遇而安的平庸生活。还有很多人像老教授的儿子们一样，虽然有很多想法，但最终什么都没做，只留下了后悔。

不要老是沉湎于不切实际的幻想，也不要害怕美梦破灭，因为当一切虚幻的念头消失后，你的美丽人生才会真实显现。不管你的梦想多么高远，先做触手可及的小事。你朝目标迈进的每一步都会增加你的快乐、热忱与自信。就像网友盛传的那句话："一心一意是这世上最温柔的力量。"当你静下心来走好脚下的每一步，不瞻前顾后，不左思右想，你自然能越过人生的段段钢索，安然抵达幸福的彼岸。

再精密的地图，也代替不了第一步

行路难，行路难，多歧路，今安在？长风破浪会有时，直挂云帆济沧海。

——（中国·唐代）李白

乘风破浪、挂帆沧海的豪迈，是人人都渴望的，可有多少人都被那"歧路",羁绊在了半路呢？李白告诉我们，行路虽难，只要心存"济沧海"之志，总有一天你会发现，歧路安在？脚下明明是条条坦途。

立足于脚下，我们才能站得平稳安心；立足长远，我们才能走得满怀信心。没有踏实的步伐，再高远的目标都只是海市蜃楼；没有明确的方向，再美丽的飞翔也只是一种姿势。俗语说得好：罗马不是一天建成的。同样，建造罗马的决心，也不能只是三分钟热度。只有将踏实的步伐和明确的目标相结合，才能于人间行脚的旅途中，踏出安心、完满。

在四川一个偏远的大山里，有一座很少有人去的寺庙。寺庙里有两个和尚，其中一个很贫穷，衣不蔽体，吃得也很简单，身体瘦弱。另一个和尚很富有，穿着丝绸的衣服，吃着上等的食物，大腹便便的样子。

当时，人们都认为南海（今浙江普陀）是个佛教圣地，很多外地的和尚都把能去一次南海作为自己的人生理想。一天，穷和尚对富和尚说："我打算去一趟南海，你觉得怎么样？"富和尚不敢相信自己的耳朵，认真地打量了一通穷和尚，突然大笑起来。

穷和尚被他笑得莫名其妙，就问："怎么了？"

富和尚问："我没有听错吧，你想去南海？你凭借什么去南海啊？"

穷和尚淡定地说："带一个水壶、一个饭钵就行了。"

"哈哈哈哈！"富和尚笑得喘不过气来，"去南海来回好几千里路，路上的艰难险阻多得很，可不是闹着玩的。我几年前就开始准备去南海了，等我再准备好充足的粮食、医药、用具，再买上一条大船，找几个水手和保镖，就可以动身了。而你，就凭一个水壶、一个饭钵怎么可能去南海呢？还是算了吧，别做梦了。"

穷和尚不再与富和尚争执。第二天，富和尚发现穷和尚不见了，原来，穷和尚一大早就带着一个水壶、一个饭钵悄悄地离开寺庙，步行前往南海而去了。

果然，就像富和尚说的一样，去南海的路很遥远、很艰辛。但是，穷和尚早就做好了心理准备，一路上，遇到有水的地方就盛上一壶水，遇到有人家的地方就去化斋，有时，一连几天都遇不上一户人家，他就忍饥挨饿。路上有些地方是悬崖峭壁，有些地方野兽成群，有时狂风暴雨，有时大雪纷飞。穷和尚一路上尝尽了各种艰难困苦，很多次，他都被饿晕、冻僵、摔倒。但是，他一点也没想到过放弃，始终向着南海而去。

一年后，穷和尚终于到达了日思夜想的南海。

又过了两年，穷和尚从南海回来了，依然是带着一个水壶、一个饭钵。穷和尚由于在南海学到了精微的佛法奥义，回到寺庙后成为一个德高望重的和尚。而那个富和尚，还在准备买大船呢！

事实证明，穷和尚比富和尚少的只是一点钱和物资而已，而富和尚比穷和尚少的，却是整整一颗心的愿力和耐力。谁才是真的富有，不言而喻。

人生亦是如此，我们每个人都希望制订出详尽、完美的人生计划，并打算在做好计划后，就一步步照着实施。这样想固然没错，但倘若一味沉浸在完善那个计划里，不踏出勇敢的第一步，那永远也无法达到心中的目标。立足长远，不仅仅是"立足"而已，还要果断地"迈足"啊！再多的准备也代替不了第一步。

其实，我们大部分人更像那个富和尚，有一定的家底，想着如何利用这些家底和一段时间的努力积累，为自己的"出发"做好充分的准备。这种做法无可厚非，但它同时也表达出另一层意思，就是我们在意旅途的平坦、舒适与否，胜过对目标的追求。再进一步寻求原因，原来那个目标，并没有那么吸引我们。试着想想：乘风破浪的感觉固然令人激动，但有几个人是真的心怀沧海呢？这也是为何有人真的一步步跋山涉水，朝海边走去，有的人只是在深山里造船挂帆，仅仅装饰了自己的屋子。

自我投资，每天充实你的藏宝库

读一本好书，就像和一个高尚的人谈话。

——（德国）歌德

有一个著名的"三八理论"，即一个普通成年人的一天应该分为"三个八"：八小时工作、八小时睡眠、八小时自由时间。前面两个"八"，大多数人都是一样的，没有多大变化；人与人之间的不同，往往就在于如何度过剩下的八小时自由时间。

你如何利用自己的业余时间，将最终决定你的一生是浑浑噩噩还是轰轰烈烈地度过。你选择看肥皂剧和与人闲聊，就将收获一段闲适的，却没有更多内容的时光；你选择埋头苦读和辛勤工作，就会换来一段寂寞的，却牵引着光明未来的时光；你选择陪伴家人和亲近朋友，就会换来一段甜蜜的，持续的温暖时光……我们在闲暇里的每种选择，都会成为既定的事实，成为真实的足迹，决定着我们未来的旅途。

大智禅师见自己的师父佛光禅师整日忙忙碌碌，却不见衰老，很是奇怪，佛光禅师却笑道："我没有时间觉得老呀！"的确，那些越是忙碌的人，仿佛时间就越多，就像孔子所说的："其为人也，发愤忘食，乐以忘忧，不知老之将至。"当你将全部的生命与精力都投入有意义的生活中时，哪里还有时间去关注自己鬓角催生的白发、额上乍现的皱纹呢？

而且，当你不去关心这些身体变化时，这些变化似乎就要比平常慢了一些，也许，这就是时光对我们的赞许吧。正如那句发人深省的话："时间是公平的，给每个人都是二十四小时；时间又是不公平的，每个人拥有的都不是二十四小时。"你吝啬时间，时间反而对你慷慨；你挥霍光阴，光阴也就加速离你远去。

其实，我们的衰老往往都是从心态的衰老开始的，有多少个年轻的体魄，却配着一颗衰老的心呢？没有什么可以阻挡前我们前进的脚步，除了我们内心的畏惧；没有什么可以羁绊我们精进的步伐，除了我们心中的倦怠……

那具体说来，我们应当如何利用业余时间，做哪些有意义的事呢？

首先，可以学习一种技能——哪怕仅仅是烧饭。曾经看过一篇文章，大意是说女人漂亮的不下厨房，下厨房的不温柔，温柔的没主见，有主见的没女人味……文章可能说得有些极端，但比较实际的情况是，多数都市女性，也包括男性，每天都忙碌于公司的繁忙事务中，每天两点一线的生活，越来越忘记了曾经和家人一起在饭桌上吃饭的欢乐时光。其实有些时候我们需要转变的只是惯性的思维方式。工作永远有那么多，但是我们每天腾出自己忙碌的心灵来学习做那么一两件小事来取悦自己，又何尝不是另外一种心情呢。

对于做饭这件事可以这么说，随着时间的推移，不同的时代可能对于女性的审美标准不一样，但是厨艺似乎是从古至今衡量一个完美女人的不变的标准。现代人可能没有以前那么看重这一点，因为女人和男人一样也为了生活，为了社会的发展在打拼。但是其实烹饪除了作为一种满足温饱诉求的基本技能外，更多的是一个创造的过程，烹饪的最高境界在于把不同口味不同习性的蔬菜放到一起，使其达到一种和谐的状态。在这个过程中本身我们的心灵就可以达到放松的目的，在烹饪中忘却工作中的不愉快。所以女性朋友们不要放弃这样一个好处多多的烹饪技能。

其次，可以去读一些经典的书籍。有学识的人，如同一本书，一本写着成熟和优雅的书。

古人道："腹有诗书气自华。"女人想要美丽高雅，男人想要风趣幽默，那就更要多读书，陶冶性情，过滤掉世事的尘埃，还心灵以纯净。也许为工作事业奔波的我们早已忘了年少时课堂里传出的那朗朗的读书声，被生活琐事困扰的我们连静下心来喝一杯咖啡读一本有益的书都成了奢望。但是，不要被现实的种种羁绊住我们追求内心世界的步伐。

当我们因为生活的挫折感到沉沦悲苦的时候，读一本能指导身心的书能使我们知道天外有天，这个世界还是很美好；当我们因为没有朋友倾诉苦衷而无望地孤独惆怅的时候，书是我们招之即来却永远不倦地陪伴着我们的朋友；当我们因为残酷的现实而变得世故，刻毒与卑劣地去看待一件事或评价一个人的时候，书中的光明会照亮我们的内心，并日积月累地浸染着我们的性情。

"读一本好书，就像和一个高尚的人谈话。"正是如此，和一个读书的人谈话、生活，也等同于和一个高尚的人生活在一起，读书的人思绪宁静、不浮躁，总是给人静谧的感觉。最重要的是，读书的人崇尚浪漫，也最富于生活情趣，于爱情也更懂得奉献与包容。读书的人都有一颗敏感细腻的心，使我们能时刻发现生活之美。

除了学习和读书，我们还有很多选择和去处。看看纪录片，收集好音乐，这些都是充实我们精神宝库的可选之物。我们要做的，仅仅是快乐地挑选，认真地品味。光阴荏苒，我们不妨卸下心头的那些无聊和懈怠，积极地前行，每天，我们都会看到生活为我们准备的不同风景，嗅见生命呼出的每一次清新。

工作累了，就做点与工作无关的事

休息与工作的关系，正如眼帘与眼睛的关系一般。

——（印度）泰戈尔

美国汽车大王福特曾说过："只知工作而不知休息的人，有如没有刹车的汽车，极为危险；而不知工作的人，则和没有引擎的汽车一样，没有丝毫用处。"印度诗人泰戈尔也说："休息与工作的关系，正如眼帘与眼睛的关系一般。"他们都在提醒我们，不会休息的人，不仅是对自己的虐待，也于工作无益。

工作累了，适当的休息可以使你的大脑恢复活力。一个人要懂得给自己预留休整的时间。如果你一刻不停，做完一件事又做一件事，刚完成一项任务又担负起另一项职责，这就会使你长期处于紧张状态，导致种种问题。

在你生命的每个阶段，你都需要让自己受到保护、得到缓冲，不要承受过大的压力。即使你所经历的是快乐的事情，你也需要适当休息，因为幸福也是需要时间来品味的。

我们的工作与休闲生活应该搭配得当，不能忙时累个半死，闲时又闲得让人受不了。可以隔三差五地安排一个小节目，比如雨中散步、周末郊游，等等。适时地忙里偷闲，可以让人适时从烦躁、疲惫中及时摆脱，为了更好地工作积蓄精力。

最能够发挥效力的休息是主动休息。一名高效能的工作者应当学会"积极的休息"，因为这是维持高效率工作的重要条件。所谓"积极的休息"，是因为这种休息有别于单纯的歇息，是为了保持工作效率而进行的休息。既称为"积极的"，这种休息必须在短时间内达到最大的效果。一般而言，办公室的工作会使人感到疲劳，大都是因为长时间保持同一姿势，使得血液循环不良，导致筋肉疲惫。所以，如果你一直保持着前屈姿势，那么在休息的时候可以做一些反方向的动作，使原本受压迫部位的血液得以畅通、使用过度的筋肉得以舒展。

把休息时间定为 3 分钟，3 分钟正好是很多事情最小的段落，电话一通、拳赛一回合，都是以 3 分钟为一单位。因此，只要 3 分钟，就足够使疲惫的身体恢复原本的活力。你可以放下手边的工作，听听音乐，或是活动一下筋骨。

除了工作中的休息，我们也可以偶尔请个假，用稍长的时间来调节自己的状态。要知道，忙里偷闲，寻找一份夹缝中的轻松和快乐，对忙碌的人生是一味绝妙的调味剂，偶尔的品尝，能在瞬间的神清气爽中享受人生的怡然自得。所以，当你每天都有做不完的工作和事情，很久没有好好放松一下了，心里虽然很想轻松一下，但又放不下手中的活。那就提醒自己，偶尔学会放下一切工作——不管它们有多重要，找个地方清闲一下。在什么地方轻松倒不是最重要的，关键是要放得下一切的繁忙，不只是身体离开，手中放下，心也要放下。既然出来了，就要把整个身心都投入到轻松愉悦的休闲中去。

在一家外企做部门经理助理的小婷，每天大堆的文件和琐事，再加上烦扰的人际关系，有时候一天下来第二天真不想去上班了，而且情绪也会变得很差，动不动就在家大发脾气。一天晚上，烦躁的她下班也不想回家，就在街上溜达，鬼使神差拐进了一家酒吧。这个酒吧看上去不是那么闹腾，走进走出的都是跟她年纪差不多的年轻人。

"就进去看看吧。"小婷想。

小婷还是第一次去酒吧，一直生活在一个很传统的家庭，让她觉得酒吧是个很乱的场合。可是，这次她看到的完全不是那么一回事，几个年轻人围在一起喝酒谈事情，台上面的歌手轻轻地唱着她最喜欢的英文经典老歌。

小婷一下子就爱上了这个地方，于是，她每天下班后都来这里坐上 30 分钟。甚至有一次，一时兴起的她走上台去唱了自己最拿手的歌，博得了满堂喝彩。酒吧的老板还邀请她成为那里的驻唱歌手。一段时间下来，她发现自己近来情绪好了很多，每天都开开心心的。对工作的厌烦感也渐渐减弱。

半个小时的放纵，让小婷找到了更多的乐趣。那我们呢，是否也可以从中发现隐匿的美和快乐？放纵自己 30 分钟，就是放纵自己的固有思维 30 分钟，尝试一点新鲜的刺激，给生命注入更多的活力。放纵对我们的意义在于使我们跳出现有的生活，换一下另类的生活。角色的转换会让人找回新鲜感，找回生活的乐趣。我们热爱我们的生活，却也习惯于它的平凡和波澜不兴。如果可以从另外的角度去感受生活，生活也许就会变成一首诗、一幅画，或者一个冰激淋，而不再是车轮碾过的废墟。

当然，30 分钟的放纵，这其中的"30 分钟"正是为我们的放纵加上了一条限制，放纵并不是没有节制，只有懂得停止才能更好地开始。下定决心全身心放松前，就要事先把事情安排好，比如把留下的工作做个记号，跟合作的同事交代清楚，如果有必要，跟领导也汇报一下，以备明天上班接手的时候能够很快进入角色，投入到具体的任务中去。把这些工作都安排好，相信你也没有任何后顾之忧了，这样就可以放心地休闲和调整自己了。

善待失意，才活得诗意

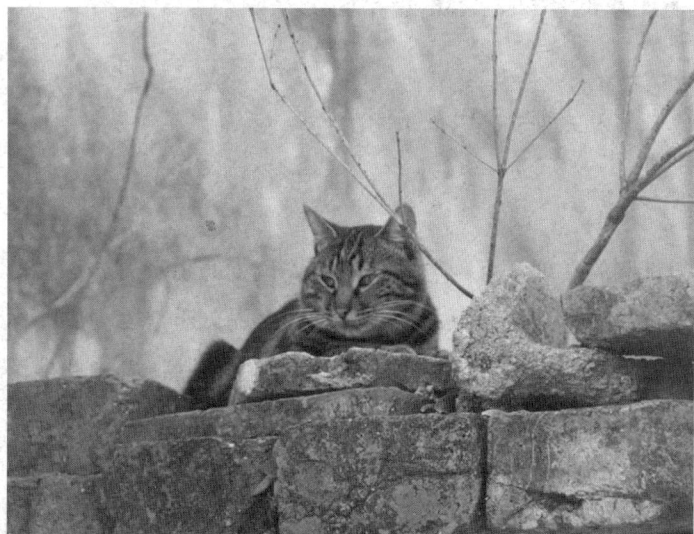

不如意的生活，才是正常生活

真读书人天下少，不如意事古今多。

——（中国·清代）金圣叹

奥地利的心理学家阿德勒是一位钓鱼爱好者。有一次，他发现一个有趣的现象：鱼儿在咬钩之后，通常因为刺痛而疯狂挣扎，但越是挣扎鱼钩就陷得越紧。阿德勒由此提出一个相似的心理概念，叫作"吞钩现象"。

人亦如此，面对生活中的种种不如意，人们总是想方设法跳出困境。困境就如"鱼钩","吞钩"以后，虽使出了浑身解数想"脱钩"，却不但得不到解脱，反而越陷越深，生活的境况越来越糟糕。其实，换个角度想想：有挫折的人生，可能才是最真实的人生。

一天晚上 12 点在北京 3 号航站楼，唐强在冰天雪地中终于等到出租车，立刻就钻了进去。司机师傅很紧张地问："到哪儿？到哪儿？"唐强说："北大。"司机师傅开心地说："北大还行。我昨天排队 40 分钟，大半夜拉了一个活儿，一问去哪儿，望京！弄得我今天一整天的心情都不好。"

唐强说："如果我家在西五环，你还不得高兴死！"

师傅笑呵呵地说："那当然！"

唐强问："师傅，你身上是不是有两个按键，一个绿色的写着开心，一个红色的写着不开心。接到去望京的人按一下红键，您就难过一天；上来去北大的人按一下绿键，您就开心一天呢？"

司机师傅说："小伙子，您说得还真准！生活不如意呀，有时候老天都在跟我作对。"

你身上是否也和那个出租车司机一样装有按键呢？什么事情会按下你身上不开心的按钮呢？是不是也经常觉得老天爷对你不公呢？司机为什么不感谢老天每天都送给他一个顾客，不至于让他一整晚都没生意做。

人们常说："人生不如意事十之八九。"我们难免会遇到不如意的事情，比如你的老板偏偏对你发火；你的孩子就是不听话；你着急的时候，前面的路就是堵得不可开交；工作不顺时，就是碰到不讲理的客户；或者更加糟糕，娶了或嫁了一个不靠谱的人……

问题是现实的存在，关键在于你自己怎么看待。人生旅途中有风有雨，但心中要始终有个太阳。以一颗知足常乐的心接受一切安排，剔除心中的那个红色按键，一切都会变得美好。

他空着袖管走向舞台上那架钢琴，随即琴声响起，很快观众陷入了一片寂静，评委的眼里出现了泪花，琴声结束后全场观众全体起立鼓掌……这是发生在《中国达人秀》上的一幕。这一次，在选秀节目中我们感受到了少有的感动。

这个弹钢琴的年轻人叫刘伟，1987 年出生在北京。从小他就憧憬着能够成为职业球员，上小学三年级的时候，9 岁的他已经是绿茵足球俱乐部二线队的队长，踢中场。

可是天不遂人愿，刘伟的足球梦在他十岁的时候就瞬间破灭了。1998 年春节刚过没几天，刘伟和 3 个小伙伴在家附近玩捉迷藏，没想到意外竟然发生了。刘伟家附近有一个简陋的配电室，墙是用土砌的，很矮，几岁的小孩一翻就能进去，里面的电线裸露在外面，非常危险。他和同伴玩捉迷藏，他想藏到配电室里，正往墙上爬时，墙一下子就塌了，他摔在了 10 万伏的高压线上，当即不省人事。经过医生的抢救，刘伟的性命算是保住了，但是双臂的肌肉都已坏死了，必须尽快进行截肢手术，否则会危害到全身。

做完手术 5 天后，刘伟清醒过来了，他以为自己只是生了一场大病，以为自己受伤了。母亲见隐瞒不下去了，就对儿子说出了实情。失去双臂的刘伟不再像原来那么活力四射，整天望着窗外的天空发呆，不愿迈出病房一步。让他痛苦的是，他再也回不到从前的生活，不能和小伙伴们玩耍了。

不过，父母并没有因为刘伟失去双臂，而放松对他的要求，正常孩子能做到的，他们都要让他做到。尝试着用双脚代替双手，用脚来刷牙、洗脸、写字……用了差不多半年的时间去适应，他从来都没有享受过什么特别待遇，就连重要考试，他用的时间也都是和正常学生一样的。

童年时因意外电击失去双臂，在"要么赶紧去死，要么精彩地活着"之间，他选择了后者。很多人用手练钢琴都连连叫苦，他却用脚弹奏出动听的音符，选秀节目究竟要选出什么样的人才我们探讨了好几年，刘伟的出现让悬着的问题有了答案，答案即评委伊能静说的那句话："真正的达人是用生命展示他的才华。"

刘伟面前的道路很宽阔：签约世界级经纪公司、出唱片、与其他世界达人一起赴拉斯维加斯的演唱会……但刘伟很淡定："我一直是一个普通人，平时不喜欢和媒体打交道，但一位老师告诉我，我能让身边的人对他自己的人生观有所改观，所以如果有一天我能拥有这样的影响力，我愿意继续这么做。"

刘伟坚强、掷地有声的话感动了全世界，就像他经常告诉自己的那样，他从来不把自己当作弱者，失去双手也许让他看起来有点异样，但这不是人生悲观的理由。如果你正视生命中的脆弱，脆弱就不再那么可怕了。

刘伟既是不幸的，也是幸运的。不幸显而易见，幸运的是他凭借坚韧的生命力渡过了生活中的惊涛骇浪，拔除了上帝强加在他生命里的红色按钮。而我们大部分看似幸运的人，其实在许多方面，比刘伟逊色得多。生命如此脆弱，脆弱的人生虽然让人难过，却也让人反思。没有人天生能够战胜脆弱，但应学着在漫长或短暂的人生中慢慢用行动证实自己的勇敢。

不与世界争执，少和自己较量

假如一个人只是希望幸福，这很容易达到；然而，我们总是希望比其他人幸福，这就是困难所在，因为一般人总是坚信其他人比自己更幸福。

——（法国）孟德斯鸠

人世间的一切问题，往往都能归纳为两个小小的方面：一是你如何与世界相处，一是你如何与自己相处。有些人早已习惯了用紧绷的神经去面对一切，结果自然是不断地跟这个世界发生争执，也和自己较量个不停。这样的人，即使拼尽一切得到了什么，也不会聪明地去利用得到的东西享受快乐，岂不可笑？

对此，我们并不能提出多少具有建设性的意见，毕竟，每个人的性格不是一天两天形成的。但至少，我们可以尝试一下两个小小的方法。

第一个方法叫"等一下"。生活中，如果你遭受到别人对你的一些具有伤害性的行为时，最明智的方法是回到房间里，静静地坐一会儿，甚至躺一会儿，或是出去散散步，将怒气慢慢稀释在其他的事情上。总之，在我们用怒火把自己点燃前，先告诉自己"等一下"，说不定事情并不是自己想的那个样子，即使真是那样，也别着急，说不定，还有更重要的事情值得去花费心思和气力。

一对情侣在咖啡馆里发生了口角，互不相让。然后，男孩愤然离去，只留下他的女友独自垂泪。

心烦意乱的女孩搅动着面前的这杯清凉的柠檬茶，泄愤似的用匙子捣着杯中未去皮的新鲜柠檬片，柠檬片已被她捣得不成样子，杯中的茶也泛起了一股柠檬皮的苦味。女孩叫来侍者，要求换一杯剥掉皮的柠檬泡成的茶。

侍者看了一眼女孩，没有说话，拿走那杯已被她搅得很浑浊的茶，又端来一杯冰冻柠檬茶，只是，茶里的柠檬还是带皮的。原本就心情不好的女孩更加恼火了，她又叫来侍者："我说过，茶里的柠檬要剥皮，你没听清吗?"

侍者看着她，他的眼睛清澈明亮："小姐，请不要着急，你知道吗，柠檬皮经过充分浸泡之后，它的苦味溶解于茶水之中，将是一种清爽甘洌的味道，正是现在的你所需要的。所以请不要急躁，不要想在 3 分钟之内把柠檬的香味全部挤压出来，那样只会把茶搅得很浑，把事情弄得一团糟。"

女孩愣了一下，心里有一种被触动的感觉。她望着侍者的眼睛，问道："那么，要多长时间才能把柠檬的香味发挥到极致呢？"

侍者笑了："12 个小时。12 个小时之后柠檬就会把生命的精华全部释放出来，你就可以得到一杯美味到极致的柠檬茶，但你要付出 12 个小时的忍耐和等待。"

侍者顿了顿，又说道："其实不只是泡茶，生命中的任何烦恼，只要你肯付出 12 个小时的忍耐和等待，就会发现，事情并不像你想象的那么糟糕。"

女孩看着他，似乎没有琢磨透侍者的话。

侍者又微笑着说："我只是在教你怎样泡柠檬茶，随便和你讨论一下用泡茶的方法是不是也可以泡制出美味的人生。"

说完，侍者鞠躬离去，剩下女孩面对一杯柠檬茶，静静沉思。

女孩回到家后自己动手泡了一杯柠檬茶，她把柠檬切成又圆又薄的小片，放进茶里。女孩静静地看着杯中的柠檬片，她看到它们慢慢张开来，好像有晶莹细密的水珠凝结着。她被感动了，她感到了柠檬的生命和灵魂慢慢升华，缓缓释放。

12 个小时以后，她品尝到了她有生以来从未喝过的最绝妙、最美味的柠檬茶。

是的，别着急，所有的事情都需要沉淀，才能缓缓释放出最美的滋味。柠檬如此，感情如此，我们的生命，也是如此。

第二个方法叫"我高兴"。许多时候，我们因为别人的评价而苦恼，因为别人的眼光而徘徊。其实，好多事，既然你并没有碍着他们，何不爽快地来一句"要你管，我高兴"呢？依循自己的内心，让她开心起来，而不是学着别人的样子对她挑三拣四，才是我们和自己相处时，最该有的态度。

有着世界"最胖妈妈"称号的美国新泽西州女子唐娜辛普森目标是少动多吃，不断增重，成为"世界最胖女性"。为实现目标，她平均一天食用 1.2 万卡路里热量的食物。辛普森 25 日的圣诞大餐内容列出来一长串，包括 2 份各重 11.3 千克的烤火鸡、2 份各重 6.8 千克的枫糖火腿、4.5 千克烤土豆、2.3 千克土豆泥、2.3 千克胡萝卜、2.3 千克甜玉米、2.3 千克烤南瓜、5 条自烤面包、2.3 升蔓越莓调味汁、2.3 升自制调味肉汁、2.3 千克馅料和 1 盘混合蔬菜沙拉。就这一顿饭，吃掉大约 232 美元。

英国《每日邮报》27 日援引她的话报道："我想吃多少就吃多少，想什么时候吃就什么时候吃。"辛普森如今以胖为生，经营一家网站，网民可以付费观看她进食，有时她也会在公众面前有偿表演进食。尽管辛普森眼下每走 6 米就需坐下休息，购物时需乘坐电动小车，但坚持称自己身体健康，并希望更胖一些，体重能够达到 453.6 公斤。

"我喜欢吃东西，而人们喜欢看我吃东西。"她说，"这让人开心，而我没有伤害任何人。"

是啊，她没有伤害任何人，为什么不能开心地吃，开心地胖呢？

当然，这个例子也许并不算太合适，因为过于肥胖至少对自己的健康不好。但不可否认的是，这样一种对待自己的乐观态度，并不是每个苗条的姑娘都具备的。当她们对着镜子的里的自己横竖不满意时，也许该想想快乐的辛普森，胖怎么了？我高兴！

怎么样，这两个方法，两句简单的话，是不是也适合你呢？有人说："让一个人从你面前消失的最快方法，是你自己先转过身去。"也许他忘了再多提醒你一句：转过身之后，别忘了去做真实的，快乐的自己！要不然，你转过去，只会面对一个连自己都讨厌的自己。

大海放低了自己，河流才向它汇聚

越是成熟的麦穗，越是懂得将头颅低向滋养它的土地。

——（中国）谚语

我们羡慕大海的宽阔无垠，却不曾体会到，它先将自己放低，再去接受世间河流入怀的智慧。人生也是如此，只有先低下头，弯下腰，我们才能真正成熟和丰收。

印度最著名的佛学院之一，孟买佛学院，除了以其建院历史久远、建筑大气恢弘和培养出了许多著名学者闻名之外，它还有一个极其微小的细节设计，也让世人赞叹不已。所有进入过这里的人，当他再出来的时候，几乎无一例外地承认：正是这个细节使他们顿悟，正是这个细节让他们受益终生。

这是一个很简单的细节：孟买佛学院在它的正门一侧，又开了一个小门，这个小门只有一点五米高，四十厘米宽，一个成年人要想过去必须弯腰侧身，不然就只能碰壁了。所有刚刚进入佛学院的人，都十分纳闷：这么大的学校，有着巍峨壮观的大门可以出入，干吗还开这个小门呢？

其实，这正是孟买佛学院给它的学生上的第一堂课。所有新生初来学院时，教师都会引导他从这个小门穿过。很显然，所有的人都是弯腰、侧身进出的，尽管这显得有失风度，但是却达到了目的。最后，学院的教师不失时机地指点他们："大门当然方便，能够让一个人很体面，很有风度地出入。但是，很多时候，我们要出入的地方并不都是有着宽敞大门的，抑或，有的大门并不是为我们准备的。这个时候，只有学会了弯腰和侧身的人，只有学会了暂且放下尊贵和体面的人，才能够得偿所愿，自由出入于自己的人生。否则，你就只能被挡在幸福之外了。"

佛学院的教师告诉他们的学生，佛家的哲学就在这个小门里，人生的哲学也在这个小门里。是啊，人生之路，尤其是通向幸福和成功的路上，几乎是没有宽阔的大门的。许多地方，我们都要学会弯腰和侧身才能通过。而这样的历练，也正是内心强大之人所必需的。其实，换个角度来看，委屈和谦卑有时只是一份我们还没来得及打开的礼物，所有生命要想成熟，总要经过一次次弯腰低头，甚至是匍匐前进的破茧之旅。毕竟，蝴蝶的翅膀，不是骄傲的蚕蛹所能张开的。

但是现实中，人们总会在一些事情上不经意地表现出些许骄傲、自负，甚至是盛气凌人，又有多少人懂得"弯腰"与"低头"的智慧呢？最具讽刺意味的是，反而是那些真有学问、真有能力的人才深谙谦卑的奥义。他们的修养与学识明明在他人之上，却总是第一个低下头来向别人请教，被问的人倒是和我们一样，往往在这样的情境下侃侃而谈，忘乎所以。早在几千年前，柏拉图在谈及自己为何如此谦虚时就解释道："人的知识就像是一个圆圈，圆圈里面的是你已经知道的知识，圆圈外面代表的是你未知的知识。圆圈越大的人越会发现自己的知识很不足。"可惜的是，几千年过去了，许多人依然不明白这样浅白却深刻的道理。

除了谦卑地行脚于尘世，安然穿过人生的风雨，弯腰低头往往还能给我们带来其他的意义。正如民间谚语所说："越是成熟的麦穗，越是懂得将头颅低向滋养它的土地。"因为只有低下头来，弯下腰去，将自己的注意力完全放在自己生活的土地里，才能充分地享受到它给你带来的源源不断的滋养。

那个以"条件反射实验"著名的科学家巴甫洛夫就深深懂得这个道理，他还讲过类似的一个故事：

夜深了，一位巴格达商人走在黑漆漆的山路上。突然，有个神秘的声音传来："弯下腰，请多捡些小石头，明天会有用的!"商人虽然觉得有些奇怪，但是弯腰捡了几颗石头。到了第二天，当商人从口袋掏出"石头"看时，才发现那所谓的石头原来是一块块亮晶晶的宝石! 自然，也正是这些宝石，使他立即变得后悔不迭："天! 昨晚怎么就没有多捡些呢?"

是啊，我们总是在昂首阔步地迈过我们的青春后，才在别人成功的经验中发现诸多自己错过的，熟悉的事物。只是，到那时我们才慌不迭地学会弯腰低头，捡拾脚下的珍宝时，已经真的只剩如我们自己一样的顽石了吧。

所以，请别再纠结、不齿于自己低下的头颅和弯下的腰肢，你要明白，那压弯我们腰肢的并不是外界的金钱和权势，而是我们自己成熟的智慧。最后，我们不妨想一想地球的巨大引力，它除了能保护我们不被浩渺的宇宙吞噬以外，最主要的功能可能就是不断提醒我们：我们脚下的土地，我们根植的生活，才是我们应该注目和轻抚的一切。

生活是情人，允许她对你发个小脾气

累累的创伤，就是生命给你的最好的东西，因为每个伤口都标示着前进的一步。

——（法国）罗曼·罗兰

泰戈尔在《飞鸟集》中写道："只管走过去，不要逗留着去采下花朵来保存，因为一路上，花朵会继续开放的。"旅途漫漫，为采集眼前的花朵而花费太多的时间和精力是不值得的，前面还有更多的花朵，我们不该停留……其实，牵绊我们的往往不是手边的美丽花朵，而是脚下的石头和泥泞。不过，既然泰戈尔告诉我们，前面的花朵开得正艳，那我们还是拍拍身上的尘土，继续上路吧！就像朴树在《在希望的田野上》里唱的那样："快些仰起你那苍白的脸吧，快些松开你那紧皱的眉吧，你的生命她不长，不能用她来悲伤。那些坏天气，终于都会过去。"

1987 年 3 月 30 日晚上，洛杉矶音乐中心的钱德勒大厅内灯火辉煌，座无虚席，人们期盼已久的第 59 届奥斯卡金像奖的颁奖仪式正在这里举行。在热情洋溢、激动人心的气氛中，玛莉马特琳走上领奖台，从上届影帝——最佳男主角奖获得者威廉赫特手中接过奥斯卡小金人。

手里拿着金像的玛莉马特琳激动不已。她把手举了起来，但不是那种向人们挥手致意的姿势，眼尖的人已经看出她是在向观众打手语。原来，这个奥斯卡金像奖最佳女主角奖获得者，竟是一个不会说话的哑女。

其实，玛莉马特琳不仅是一个哑巴，还是一个聋子。她在18 个月的时候，被一次高烧夺去了听力和说话的能力。

但这个聋哑女孩对生活充满了激情。从小，她就喜欢表演，8 岁时便加入伊利诺伊州的聋哑儿童剧院，9 岁时就在《盎司魔术师》中扮演多萝西。但 16 岁那年，玛莉被迫离开了儿童剧院。所幸的是，她还能时常被邀请用手语表演一些聋哑角色。正是这些表演，让玛莉认识到了自己存在的价值，她利用这些演出机会，一点点锻炼自己，提高演技。

1985 年，19 岁的玛莉参加了舞台剧《上帝的孩子》的演出。她饰演的是一个次要角色，可就是这次演出，使玛莉走上了银幕。女导演兰达海恩丝决定将《上帝的孩子》拍成电影。物色女主角——萨拉的扮演者时，兰达发现了演技高超的玛莉，便决定用玛莉担任影片的女主角，饰演萨拉。

玛莉扮演的萨拉，在全片中没有一句台词，全靠极富特色的眼神、表情和动作，揭示主人公矛盾复杂的内心世界——自卑和不屈、喜悦和沮丧、孤独和多情、消沉和奋斗……也许，这也是她多姿多彩的生命历程本身。玛莉十分珍惜这次机会，她勤奋、严谨、认真对待每一个镜头，用自己的心去拍，因此表演得惟妙惟肖，让人拍案叫绝。就这样，玛莉马特琳实现了人生的飞翔，成为美国电影史上第一个聋哑影后。

在颁奖晚会后，面对记者的采访，她用手语说："我经历了很多不幸，但是我一直坚信幸运不曾将我遗弃。"

其实，何止"幸运"，关于生命的一切幸福和美好，都不曾将玛莉遗弃。对我们大多人来说，幸福正如同白居易笔下淘气地"躲入"山寺的桃花，遥遥地拨弄着我们的心弦，既让我们寻觅不着，又让我们不忍停止寻觅，于是便生出了无尽烦恼。可越是心烦意乱之人，越是远离这山中幽寺。而幸福，自然也离他们越来越远了。殊不知，生活就像是我们的情人，难免会发个小脾气。于是，有的人工作不顺利，有的人父母不理解，有的人朋友不知心……但若是我们不懂得用一颗宽容、忍耐的心去哄哄她，也哄哄自己，那她迟早会离你而去。

哀怨和犹豫永远是扼杀我们幸福的第一祸首。一位哲人曾说："世界上最大的悲剧和不幸就是一个人大言不惭地说：'没人给过我任何东西！'"许多人都抱怨自己的处境艰难、身边的人情冷漠，可抱怨生活就如同赤脚在石子路上行走，我们走得越远，脚底就越痛，越痛也就越发抱怨，到最后，只能寸步难行。

玛莉即使失去了听见动人旋律、唱出美妙歌声的能力，不也依然快乐地在世间蹦蹦跳跳、不屈不挠么？弥尔顿在双目失明的情况下，依然写出《失乐园》《复乐园》《力士参孙》等作品，为后人留下了宝贵的精神财富。"即使土地丧失了，那有什么关系。即使所有的东西都丧失了，不可被征服的意志和勇气也是永远不会屈服的！"这是他们的坚强和乐观。

在人生漫漫长路上，抱怨和愤恨只是绊脚石，而宽心、释然才是一双结结实实的靴子。

古语说得好："天地有大美而不言。"生活里的快乐幸福也是一样。通过万花筒看世界，美得变幻无穷；通过污秽的窗子看世界，到处都是泥泞。我们的生命画布如何着色，取决于我们拥有一颗怎样看待世界的心。

不抱怨、不着急、安下心、耐住性，把烦恼和忧虑都擦干净，我们才能看见世界的曼妙美好，才能收获生活这个情人的芳心。

孤独不可耻，学会和自己娓娓而谈

能与自己娓娓而谈的人，决不会感到孤独。

——（美国）马克斯威尔·马尔兹

摇滚歌手张楚有一首代表作叫《孤独的人是可耻的》，他说："这是一个恋爱的季节，空气里都是情侣的味道，孤独的人是可耻的。"许多人把失意、伤感、无为、消极等与孤独联系在一起，认为将自己封闭起来就是孤独，其实，这是一种误解。有时候，孤独也同样可以很美好。孤独是一种难得的感觉，只有在拥有孤独时，你才能静下心来悉心梳理自己烦乱的思绪；只有在拥有孤独时，你才能让自己渐渐走向成熟。另外，孤独还是心灵的避难所，给你足够的时间去舔舐伤口，重新以明朗的笑容直面人生。总之，如果你懂得享受孤独，那么它代表的就不再是落寞与无奈，而是一份自由与闲适。

很多时候，因为有其他人在身边，要顾及他人的感受，很多事就无法按照自己的意愿来做。比如，和朋友一起吃饭，你喜欢吃辣，而朋友不能吃，所以你得考虑到朋友的口味；一家人看电视，你喜欢看体育节目，而其他人都想看连续剧，所以你只得少数服从多数；大伙一起去公园玩，你想玩小孩喜欢的"碰碰车"，大伙却笑话你幼稚，所以你只得作罢……而适当的孤独，则会把一切事物的控制权，重新放回你的手上。这就是孤独的自由。

不要任何人陪伴，只是一个人，想做什么就做什么，你可以把自己一个人关在屋子里，也可以一个人去任何地方做任何事，这是你的自由。你可以静静地听着你喜欢的音乐，或投入或随意地看你中意的书，你也可以为自己做一些好吃的，加一瓶红酒，自斟自饮，享受生活的微醺。你也可以背着行囊去任何一个地方徒步旅行，幻想你正在环球旅行，哪怕你只是在做环城旅行。你所在的这个城市，肯定还有许多你没有涉足的地方。去走走，去看看，特别是那些久闻而未亲见的地方，今天就把所有的遗憾都弥补。

当然，孤独的自由并不是简单的独处和独行，它也是你自己与自己的相处，这也是一门沟通学问。并不是每个人都懂得如何与自己和谐相处。马克斯威尔·马尔兹说："能与自己娓娓而谈的人，决不会感到孤独。"换句话说，你只有懂得孤独的真味，才不会被它所伤。懂得如何与自己相处，与自己交谈的人，即使在一个逼仄的空间里，也能收获无尽的舒畅和惬意。

南朝有个叫宗少文的人，一生爱好远游，后来身体不行了，没力气再去寻山访友，于是遍画名山大川，挂满了家里的墙壁。宗少文从此每天在家抚琴自娱，竟然使纸上的群山发出回响。他就在这样一间陋室里，重新驰骋山林，纵横天地。这样的"旅途"中，宗少文虽然没有真的听到山涧鸟鸣，看到春风秋雨，但至少，他一直都在和那个自由的、快乐的、满足的自己，不断相遇，亲切交谈，互相鸣和。这样的境遇，可能很多真的置身山林的游人都不曾体会过。这就是孤独赐予他的，"心有天游"的快意。

可惜，并不是每个人都懂得孤独的真味和可贵。西方有位哲人在总结自己一生时说过这样的话："在我整整 75 年的生命中，我没有过过四个星期真正的安宁。这一生只是一块必须时常推上去又不断滚下来的崖石。"所以，追求孤独，或者是追求宁静，对许多人来说成了一个可望而不可即的梦想。

我们不妨先从细节入手，来学学精神瑜伽：找个一人独处的机会，把思维集中在两眼的中间位置，想象你窥见灵魂中心，中心被白色的光所包围，倾听灵魂深处发出的声音。

当你坐在那儿时，你可以想象很多事情。此时，你的心也许是朵缓慢开放的鲜花。你还可以在想象中到达你所期望到达的一个安静的所在，那是一片远离人群的白色海滩，或者是一座山中的小木屋。你还可以用念祷文的方式来集中精力。任何你认为重要的词语都可以当作祷文，像"爱"、"平静"，以至于像人人都叫得出的"呼"、"吸"。如果你心里不断重复同一句祷文，你也就可以借此使思维活动集中起来，或者将杂乱无章的思绪从头脑中清除出去。在这宁静的歌声里，在这精神的畅游中，也许我们慢慢就会看见那个真实的自己。

除此之外，我们还有很多"创造"和感受孤独的机会。大多数人都向往去西藏，去麦加那样的圣地获得心灵的净化，其实，我们只要找个僻静的地方，甚至在家里就能做到。你可以在家里为自己辟出一个清静的地方，安排一个夜晚，独自一人静静地待在家里；有可能的话，再去为自己安排一个一人独享的安静的周末。坐在桌前，焚一炉檀香，冲一杯咖啡，翻几页旧书，感受久违的纸墨清香。当然，如果你愿意，也可以什么也不干，只是坐在那里。在那份长久的宁静中，孤独和寂寞就会像个沉默少言的朋友，悄然来到清静淡雅的房间里陪你坐下。它们虽然不会给你谆谆教导，却会引领你反思生活的本质及生命的真谛。

除了那些刻意安排的独处时分，我们更多的应该注意那种随时停留的心情。如果可以，我们不妨学着停下匆匆的脚步，低头，或者仰望。当云霞落在天空的怀抱，开得如此温柔，我们是否也该，给自己或身边值得珍惜的一切，一个温暖的拥抱？深吸一口气，你或许会觉得，闲适中的从容让自己的心灵被一泓清泉洗涤，变得清澈明亮。

热闹需要外求，而孤独却随时与你同在。在你需要时，它便轻轻地来到你身边，静静地听你倾诉心声。它能为你保守秘密，虽然它无言无语，却能让你更好地认清自己。它不会对你指手画脚，却能让你更加自信地走好人生的下一步。过去的终将过去，未来的必会到来。孤独寂寞到了极致，终将遇见生命的深刻；经得住繁华，转过弯，看到的，是花开成海。

最幸福的，是追求幸福的过程

隐藏的忧伤如熄火之炉，能使心烧成灰烬。

——（英国）莎士比亚

人生如棋，在生命的尽头才能看透结局。所以，只要还活着，就有挽回败局的可能。当你埋怨日子凄苦，运气不佳的时候，你有没有好好想过：即使在顺风顺水的日子里，你又认真对待过几天呢？

我们都渴求幸福，却不曾领悟什么才是最幸福的。太多人欣羡于别人的幸福果实，却不曾回头看看，自己正在通往幸福的这条长路，崎岖里藏着快乐，泥泞中孕育着温情，这才是我们最该珍视的东西。

有位旅行者倚靠着一棵树晒太阳，他衣衫褴褛，神情萎靡，不时有气无力地打着哈欠。

一位僧人由此经过，好奇地问道："年轻人，如此好的阳光，如此难得的季节，你不去做你该做的事，懒懒散散地晒太阳，岂不辜负了大好时光？"

"唉！"旅行者叹了一口气说，"在这个世界上，除了我自己的躯壳外，我已一无所有，又何必去费心费力地做什么事呢？每天晒晒我的躯壳，就是我要做的所有的事。"

"你没有家？"
"没有。与其承担家庭的负累，不如干脆没有。"旅行者说。
"你没有你的所爱？"
"没有，与其爱过之后便是恨，不如干脆不去爱。"
"你没有朋友？"

"没有。与其得到还会失去，不如干脆没有朋友。"

"你不想去赚钱？"

"不想。千金得来还复去，何必劳心费神动躯体？"

"噢。"僧人若有所思，"看来我得赶快帮你找根绳子。"

"找绳子干吗？"旅行者好奇地问。

"帮你自缢。"

"自缢？你叫我死？"旅行者惊诧道。

"对。人有生就有死，与其生了还会死去，不如干脆就不出生。你的存在，本身就是多余的，自缢而死，不是正合你的逻辑吗？"

旅行者无言以对。

"兰生幽谷，不因无人佩戴而不芬芳；月挂中天，不因暂满还缺而不自圆；桃李灼灼，不因秋节将至而不开花；江水奔腾，不因一去不返而拒东流。更何况是人呢？"僧人说完，拂袖而去。

这是一个悲观者的故事，他之所以孤独，之所以绝望，是因为他没有用心去生活，没有用心去爱，所以没有朋友，没有家人，没有乐趣。他只活在自己创造的空壳里，看不见外面的世界，听不见生命的律动。

沉浮动静皆人生，如果我们总用效益坐标来评判别人的状况，前进为正，后退为负，上升为优，下沉为劣，那么，我们就永远不能读懂人生。既然每个人的未来结果都是相同的，均为赤条条来去无牵挂，那么还不如在追求一切的过程中好好享受，这才不枉在尘世走一遭。

更何况，就像朗弗罗曾说的那样："快乐和痛苦，就像光明和黑暗一样，是互相交替的。"当你静下心来品味旅途中的痛苦和崎岖时，也许能蓦然发现一些往日无缘得见的美景。瑞典电影大师英格玛伯格曼是对现代电影最具影响力的导演之一。1947年，电影《开往印度的船》杀青后，出道不久的伯格曼自我感觉良好，认定这是一部杰作。在"不准剪掉其中任何一尺"的要求下，这部影片甚至连试映都没有就匆忙首映。结果拷贝出了问题，报纸上的影评惨不堪言。

这时，他的朋友笑容可掬、幽默地说了一句话："明天照样会有报纸。"

此话深深触动了伯格曼。明天照样会有报纸，一切冷嘲热讽都会过去。在跌倒时要迅速地爬起来，这样才能争取在明天的报纸上写下最新最美的内容。伯格曼从失败中吸取了教训，在下一部电影的制作中，只要有空就去录音部门和冲印厂，学习与录音、冲片、印片有关的一切，还学会了使用摄影机与镜头的知识。从此再也没有技术人员可以唬住他，他可以随心所欲地达到自己想要的效果。一代电影大师就这样成长了起来。

有时，我们虽然没有收获胜利，但我们得到了经验和教训。失败让我们真正了解了世界，也让我们重新认识了自己。有人说："跌倒了也要抓一把沙子，这样才会领会重新站起来走向成功的真谛。"的确，人生有高潮，也就会有低潮。有时候危机会成为一种打击，将人们击倒在地，即便如此，也不要就此一蹶不振，那只会让危机永远压在自己身上。相反，如果勇敢地站起来，危机便会自行离去，我们身处的困境也终会消散无踪。

命运之神像是一个淘气的孩子，总是喜欢与人开玩笑。它在人们前进的途中故意设下陷阱，又给那些挣扎在旋涡中的人投去救命的绳索。因而每个人遭遇困境与黑暗时都无须太过绝望，因为在某个地方，一定会有人为自己留下一扇窗。

命运的底色不是阴霾，走出阴影就能沐浴在明媚的阳光中。我们在各自的生命中寻找那些隐藏着的快乐，不对偶尔遭遇的挫折与意外耿耿于怀，不对那些擦肩而过的人与事太过痴迷，这样的生命才会被快乐填满。"如果有个柠檬，就做杯柠檬水",怀着这样的心情面对人生低谷,才能比旁人更快地寻找到命运的转机,也更容易嗅见幸福的气息。

接受雕琢会痛,否则会碎

人生是一趟巡礼的旅程,免不了苦难。但可别忘记,神透过这些经历,教你更深邃的事物。

——(荷兰)梵高

在哀痛者的心里,悲哀无疑会划下不可磨灭的痕迹,然而若能正确地、欣然地接受它,它就能发挥出巨大的积极的作用。因为没有经历过苦楚的人,不能经受住生命的雕琢的人,内心就不能变得坚韧,最后只能在现实的风雨里,飘摇破碎。

在深山里有两块非常要好的石头,它们成天挨在一起。有一天,第一块石头对第二块石头说:"咱们去经一经路途的艰险坎坷和世事的磕磕碰碰吧!能够搏一搏,这样才不枉来此世一遭啊!"

"我才不呢,这又是何苦呢,"第二块石头嗤之以鼻,"安坐高处一览众山小,风景独好,周围又是花团锦簇的,谁会那么愚蠢地在享乐和磨难之间选择后者呢？再说了，那路途中的艰难险阻一不小心就会让我粉身碎骨的！"

于是，第一块石头义无反顾地随着山间的溪流滚涌而下。在路上它历尽了风霜雨雪以及大自然带给它的各种磨难，尽管如此，它依然不后悔，执着地在自己的路途上奔波着。了解到这些情况后，第二块石头讥讽地笑了，它在高山上享受着安逸和舒适，享受着周围花草簇拥的畅意抒怀，享受着盘古开天辟地时留下的那些美好的景观。

许多年过去了，饱经风霜、历尽尘世千锤百炼的第一块石头和它的家族成员们已经成了世间石头的珍品、石头艺术中的奇葩，它们被千万人赞美着、称颂着。喜爱它们的人们给予了它们最优厚的待遇，让它们享尽了人世间的富贵荣华。

第二块石头知道后，有些后悔当初没有听从第一块石头，现在它想投入到世间风尘的洗礼中，然后得到第一块石头拥有的那种成功和高贵，可是一想到要经历那么多的坎坷和磨难，甚至会满目疮痍、伤痕累累，还要冒着粉身碎骨的危险，便又退缩了。

一天，人们决定为那石艺中的奇葩修建一座精美别致、气势雄伟的博物馆，目的是为了更好地珍藏它。为了搭配这一美丽的石头，使它显得更加突出，人们决定建造材料全部用石头。于是，他们来到高山上采集建筑材料，粉碎了第二块石头，用它给第一块石头盖起了房子。

第一块石头，选择了艰难坎坷，懂得放弃享乐，所以它成了珍品，成了石艺的奇葩。

第二块石头，贪图现有的享乐，不懂得放弃，不仅落得粉身碎骨的下场，还成为了装点别人之物。

在这大千世界中，每个人的经历各有不同，有幸福、欢乐、艰辛、苦涩……而其中最能磨炼人、考验人的当属磨难。王宝池有一首七律，其中有一句是"自古雄才多磨难，从来纨绔少伟男"，意思是说从古至今英雄总是要经历磨难才能够成就大事业，而娇生惯养的富家子弟则因为缺少气概而难以成就伟业。的确，人生好比一次旅行，旅行中会有灿烂的风景，也免不了会有刮风下雨。虽然人们总是希望自己的人生道路平平坦坦、一帆风顺的，然而，挫折和磨难总是伴随在人生道路的左右。值得庆幸的是，人们最出色的工作往往正是在挫折、逆境中做出的。

挫折和磨难使我们变得聪明和成熟。在工作和学习中，我们难免会遇到不如意的事情。这时我们要说服自己悦纳自己和他人他事，要能容忍挫折，学会自我宽慰，心怀坦荡、情绪乐观、满怀信心地去争取成功。事情本身并不重要，重要的是面对事情的态度。只要有一颗保持乐观的心，那么即使是再悲惨的事情，也能成为成就我们人生的助力。

我们都有这样的感受：快乐开心的人在我们的记忆里会留存很长的时间，因为我们更愿意留下快乐的而不是悲伤的记忆。每当我们回想起那些勇敢且愉快的人们时，我们总能感受到一种柔和的亲切感。所以，就让我们开心地去迎接来自生命的雕琢吧，就像英国诗人胡德说的："即使到了我生命的最后一天，我也要像太阳一样，总是面对着事物光明的一面。"只有心里怀着阳光和坚韧，才有机会发现：原来到处都有明媚的阳光。

道本连自己的名字都不会写，却在大阪的一所中学当了几十年的校工。尽管工资不多，但他对生活中的一切很满足。就在他快要退休时，新上任的校长以"他连字都不认识，却在校园工作，太不可思议了"为由，将他辞退了。

道本恋恋不舍地离开了校园，像往常一样，他去为自己的晚餐买半磅香肠，但快到食品店门前时，他想起食品店已经关门多日了。而不巧的是，附近街区竟然没有第二家卖香肠的店。忽然，一个念头在他脑海里闪过——为什么我不开一家专卖香肠的小店呢？他拿出自己仅有的一点积蓄开了一家食品店，专门卖起香肠来。

因为道本灵活多变的经营，十年后，他成了一家熟食加工公司的总裁，他的香肠连锁店遍及大阪的大街小巷，并且是产、供、销"一条龙"服务，颇有名气的道本香肠制作技术学校也应运而生。

一天，当年辞退他的校长得知这位著名的董事长识字不多时，便十分敬佩地称赞他："道本先生，您没有受过正规的学校教育，却拥有如此成功的事业，实在是太不可思议了。"道本诚恳地回答："真感谢您当初辞退了我，让我摔了跟头，从那之后我才认识到自己还能干更多的事情。否则，我现在肯定还是一位靠一点退休金过日子的校工。"

有人说，不要做在树林中安睡的鸟儿，要做在雷鸣般的瀑布边也能安睡的鸟儿。确实如此，逆境和挫折并不可怕，只要我们学会去适应，那么挫折带来的逆境，反而会给我们以进取的精神和百折不挠的毅力。

世事常变化，人生多艰辛。在漫长的人生旅途中，尽管人们期盼能一帆风顺，但在现实生活中，却往往令人不期然地遭遇逆境。逆境如霜雪，它既可以凋叶摧草，也可使菊香梅艳，逆境似激流，它既可以溺人殒命，也能够济舟远航。一切，只看你如何看待，如何应对。

今天，是最温柔的礼物

就地驻足，和此刻的自己跳支舞

你始终不明白，一万个美丽的未来，抵不上一个温暖温暖的现在；你始终不明白，每一个真实的现在，都曾经是你幻想幻想的未来。

——（中国）赵昌彪

想必每个人，尤其是已经不再年轻的人都曾幻想过：要是当初如何如何，现在就怎样怎样了。只是，他们往往忽略了这样一个事实：你当初之所以没有选择那条在今天看来更加成功的路，不是因为自己的判断力出了问题或者运气不佳，而是因为，在你的心灵深处，现在的这条路上有更加吸引你的东西。就像老狼在《关于现在关于未来》里唱到的："你始终不明白，一万个美丽的未来，抵不上一个温暖温暖的现在；你始终不明白，每一个真实的现在，都曾经是你幻想幻想的未来。"我们眼前拥有的一切，正是我们曾经渴望的未来。

我们常常会在翻看旧时日记或随笔时莞尔，觉得字里行间里的那个家伙和他记录的心情，许下的愿望，实在是太可笑了。其实，真正可笑的，并不是当初许下的那些愿望，而是今天你对它的怀疑。人生就是这样，年轻的时候我们既充满疑惑也坚定不移，成熟之后我们既从容笃定也踟蹰犹豫。年轻时，我们什么都不懂却坚定是因为相信总有答案，成熟后，我们什么都懂了却犹豫是因为发现已没有什么能够相信。生活的奥义就是这样：问题不在于这世上是否真有确定无疑的答案，而在于你是否愿意：赤诚而有力地去相信。

所以，一切都无须重来，什么都不用更改。我们现在脚下的这条路，是当初的多少热血和眼泪铺就的，我们该做的是珍惜，而不是踟蹰。那些过得不满意，不幸福的人，往往不是因为当初没有做出最正确的选择，而是因为选择了之后，没有安心坐落，细致耕耘，细心发现，以至于对脚下的幸福熟视无睹，却痴望着另一条路上笼着层层外衣的，所谓的"成功"。这实在是最愚笨的行为。

小时候我们可能会想当宇航员，想做企业家，想做军人，甚至有人想做个超人……但随着年龄的增长，他们开始忘却了自己最初的梦想，开始不敢去跟别人讲自己的梦想是什么，因为害怕，害怕自己讲出来别人会笑话他，怕自己讲出来实现不了就出糗了，害怕自己因为追逐梦想而妻离子散，害怕自己连基本的生活都保证不了……因为这么多的害怕，所以我们更加彷徨，更加失望，自然谈不上幸福。

我们不妨回头想想，为什么当初的我们满怀赤子之心，满怀激情和热血，现在却只会抱怨、焦虑和后悔？大部分人的答案可能都一样，那就是：匆忙。是的，想想我们的这一生是怎么度过的：年轻的时候，我们拼了命想挤进一流的大学；随后，我们又巴不得赶快毕业找一份好工作；接着，我们迫不及待地结婚、生小孩；然后，我们又整天盼望小孩快点长大，好减轻自己的负担；再后来，小孩长大了，我们又恨不得赶快退休；最后，我们真的退休了，不过，我们也老得几乎连路都走不动了……当我们正想停下来好好喘口气的时候，生命，也快要结束了。

如此匆忙，如此慌张，当然无暇享受此刻的宁静，坐看生命的花开。朱德庸有一副很有意味的漫画，说的就是这样的人和这样的人生，他在漫画的旁白里写道："我们被迫来到一个陌生的世界，接受一对陌生的父母，认识一些陌生的朋友，谈一场陌生的恋爱，做一份陌生的工作，生一个陌生的小孩……等我们终于对这个陌生的世界感到熟悉时，我们却要去另一个世界了。"其实，这不就是大多数人的写照吗？我们在陌生中劳碌，在劳碌中对世界和自己，更加陌生……

所以，智者才常常劝世人要"活在当下"，跟自己安心地相处。那到底什么叫作"当下"？简单地说，"当下"指的就是我们现在正在做的事、待的地方、周围一起工作和生活的人。活在当下，就地驻足，就是要我们把关注的焦点集中在这些人、事、物上面，全心全意地去接纳、品尝、投入和体验这一切。有人说："文明不是高楼大厦，不是数码产品，甚至不是悠久的文化，而是懂得时常停下来，想想自己在做什么，想想那些我爱的和爱我的人们。"这都是同样的道理。

开始时我们因为幸福而忙碌，后来因为忙碌忘记了幸福。现在，也许是时候享受一下让身心"归零"的感受，让整装出发，或者就地坐落，去和这个世界、和自己、和身边的一切，跳一支美丽的舞。许多人喜欢预支明天的烦恼，想要早一步解决掉明天的烦恼。其实，明天如果有烦恼，你今天是无法解决的，每一天都有每一天的人生功课要交，努力做好今天的功课再说吧！假若你时时刻刻都将力气耗费在未知的未来，却对眼前的一切视若无睹，你永远也不会得到快乐。

一位作家这样说过："当你存心去找快乐的时候，往往找不到，唯有让自己活在'现在'，全神贯注于周围的事物，快乐才会不请自来。"或许人生的意义，不过是嗅嗅身旁每一朵绚丽的花，享受一路走来的点点滴滴而已。毕竟，昨天已成历史，明天尚不可知，只有"现在"，才是上天赐予我们的，最好的礼物。

告别拖延症，不错过生命最美的花期

如果每一刻都能够活在当下，那么就不会有过去及未来，而现在就成为永恒。

—— （中国）古龙

世界著名成功学导师安东尼罗宾斯曾说："拖延是沉默的杀手。"拖延是一种对生活的错觉，因为我们总是误认为即使拖延一会儿也不会影响生活。拖延总会让我们为自己找出各种借口不去行动，让我们错过了生命中每一次的花开季节。

时至今日，拖延已不再只是一种个人习惯，它甚至成为一种"病症"：拖延症。拖延症指的是非必要、后果有害的推迟行为。虽然它暂时并不是一个严格的心理学或医学术语，但严重或经常性的拖延行为，常常是一些深层心理原因的表现。所以，拖延现象已经成为管理学领域和心理学领域研究的一个重要课题。

我们不妨也反思一下自己的生活，问问自己：你面对过这样的情况吗？一面是堆积如山的工作、需要整理的房间、浸泡了许久的衣物，任何一样都需要我们尽快处理。而我们呢？不是躺在床上辗转反侧，想这些事想得焦头烂额，就是沉浸在网络与游戏中，自己劝自己："再等一会儿，就一会儿……"这种拖延心理从孩子到他们的父母，从员工到老板，从家庭主妇到她们在外拼搏的丈夫，每一个人都有过，因而拖延问题几乎影响到各行各业的人。

相信如果问一个人为何会办事拖拉，他们一定会回答："事情太多了，生活和工作的压力太大了！"这确实是一个实际的答案，我们就是生活在这样一个信息膨胀、竞争激烈的时代。如果不想被这个社会淘汰，我们必须给自己制定一个较高的标准，否则繁重的工作与压力必然会压得我们喘不过气来。

但有很多人并不这样想，当一个接一个的问题出现时，他们选择躲进自己建造的避风港中，这个避风港的名字就叫作"拖延"。他们觉得这个避风港能让自己远离这些麻烦，可这却不是一个时间机器，当人们累了、倦了就躲进去，设定好时间停止键，外面的一切都静止不前；而当自己精神十足，有决心面对各种问题时，再开启时间前进键。理想很"丰满"，而现实却很"骨感"，当人们从拖延的避风港中探出头来时才会发现：地球还在转动，那些困扰自己的问题依旧存在。

有的女孩说，我每天早上上班怕迟到，所以来不及叠被子，来不及把换下来的衣服整理好，很多时候你觉得如果我叠了被子整理了衣服就一定会来不及，其实这只是一种自我的心理暗示，事实上你真的做了，会发现这个简单的整理工作根本用不了几分钟的时间，或者你只要早起哪怕几分钟，给自己留出一个简单整理的时间，等你拖着一身疲累下班回家后，看着房间里叠好的被子，整理好的衣物，你的心情是不是也会好点呢？

当然，对治拖延症的最好措施也不是盲目地忙碌。"其实行动就是一个决定，只要我决定了，就立刻去做！"有一部分人对待问题会抱着这种想法，遇到问题并不是不做，而是忙忙碌碌，不加任何思考地做，但忙了许久后才发现，结果仍然一事无成。

有一个农夫一早起来，告诉他的妻子要去耕田。当他走到田里的时候，忽然发现耕耘机没油了，于是农夫提起油桶准备去加油。但他猛然间又想到家里的猪还没喂，于是放下油桶，转身回家；当他经过仓库的时候，看见旁边有几个马铃薯，忽然想到马铃薯可能正在发芽，于是又走到马铃薯田去；在去田里的路上经过木材堆，又想起家中需要一些柴火；正当他去取柴火的时候，看见了一只生病的鸡躺在地上……农夫忙忙碌碌了一天，结果油也没加、猪也没喂、柴也没拿，到最后什么也没做成。

农夫的故事恰好说明了另一种拖延心理，有些人不是逃避问题，而是在做某一件事的时候总会盯着其他事情，常常放下此时的工作去忙其他的事情。这样，他们看起来似乎总是很忙，但最后也只能像农夫一样，忙忙碌碌了一天，结果什么事也没做成。这时候，我们需要为自己列一张工作清单，看看哪些事情今天一定要做完。对于那些必须在限定时间内要做完的，就在后面加一个特殊符号，或是用其他颜色的笔加以强调，以免自己忘记。

当任务繁多的时候，我们常常会办事拖拉，因为总是认为有些工作不重要，那么做起来自然毫无时间观念。这时，我们就需要规划工作，取消那些可有可无的任务，而不是在无法完成任务的时候既拖延又后悔；还有一些时候，人们常常因为看不到一件事情的好处而拖拖拉拉，而应对问题与任务的最佳办法就是要认清眼前问题的优势，确定自己"速战速决"后能得到的好处，这样才能战胜拖延心理。

在从事某项事情之前，你可以先给自己制订一个计划，并制作一个表格：何时开始、何时结束、认为完成情况如何、中途是否会被其他事情干扰等。当你全部完成的时候，再把结果记下来与计划中的对比，这样就能明白，在做事的时候，你是否产生了拖延心理。通过这样一次次的练习，你就能逐渐战胜自己的拖延心理，一次性解决所有问题。

一位名人曾这样说道："人生最可怜的一件事就是，我们所有的人都拖延着不去积极投入生活，我们向往着天边有一座奇妙的玫瑰园，却从不注意欣赏今天就开放在我们窗口的玫瑰。"的确，我们总是向往着虚无缥缈的花园，却从不欣赏眼前含苞待放的鲜花。我们错误地认为只有花园才是最美的，却忘了如果不精心培育每一株小花，怎么能让花朵装点整个花园呢？

随波逐流的终点不是大海，而是干涸

既然我们只要抬起脸庞，就可以享受星空与太阳，为何还要俯首低眉，去搜寻小小宝石发出的微光？

——（英国）托马斯·莫尔

当你听到一个人很笃定地对别人说"我很幸福！"时，除了"幸福"的定义颇令人疑虑外，对于"我"的界定，也十分值得商榷。虽说"万紫千红总是春"，可你真的认识每一种色彩，了解每一个自己吗？如果你连是哪个自己在感受春暖花开般的幸福都不清楚，你又如何能确定地说："我很幸福"呢？我们往往把那个迷失在声色犬马里的自己当作了唯一的自己，以为他感受到的快感就是自己渴望的幸福，只是，你为什么刻意忽略了每次宿醉后，长久的失落呢？

习惯随波逐流的我们在不断前行的路上你追我赶，往往就会忘了自己从哪来、到哪去，更不用说自己最初的样子了。难怪许巍在歌里唱道："也许是出发太久，我竟然迷失在旅途。"是啊，我们大多迷失在了人生的漫漫长路上。而这迷失的起点，也许只是路边的一颗发光的宝石。但托马斯·莫尔在《乌托邦》里略带惋惜地提醒我们："既然我们只要抬起脸庞，就可以享受星空与太阳，为何还要俯首低眉，去搜寻小小宝石发出的微光?”当我们顺着小小宝石的光芒误入丛林深处,也许就再也回不到最初的那条满是鲜花和蝴蝶的大路了。

拉斐尔11岁那年,一有机会便去湖心岛钓鱼。在鲈鱼钓猎开禁前的一天傍晚,他和妈妈早早又来钓鱼。安好诱饵后,他将渔线一次次甩向湖心,湖水在落日余晖下泛起一圈圈的涟漪。

忽然钓竿的另一头沉重起来。他知道一定有大家伙上钩,急忙收起渔线。终于,孩子小心翼翼地把一条竭力挣扎的鱼拉出水面。好大的鱼啊!它是一条鲈鱼。

月光下,鱼鳃一吐一纳地翕动着。妈妈打亮小电筒看看表,已是晚上十点——但距允许钓猎鲈鱼的时间还差两个小时。

“你得把它放回去,儿子。”母亲说。

“妈妈!”孩子哭了。

“还会有别的鱼的。”母亲安慰他。

“再没有这么大的鱼了。”孩子伤感不已。

他环视了四周，已看不到一个鱼艇或钓鱼的人，但他从母亲坚决的脸上知道无可更改。暗夜中，那鲈鱼抖动笨大的身躯慢慢游向湖水深处，渐渐消失了。

这是很多年前的事了，后来拉斐尔成为纽约市著名的建筑师。他确实没再钓到那么大的鱼，但他为此终身感谢母亲。因为他通过自己的诚实、勤奋、守法，猎取到生活中的大鱼——成绩斐然的事业和正直的内心。

有些人并不像拉斐尔这样幸运，他们在最初遇到种种诱惑时，没有一个聪明的妈妈及时阻止他们。于是，他们第一次偷偷地拿走一条鱼，第二次就是一条项链，第三次就是一沓钞票，第四次……也许就没有第四次了。退一步说，即使他们成功地偷到了整个世界，那又如何呢？从他们第一次放弃自己的原则起，就已经渐渐失去了获得完整的幸福的机会。

当然，通过违法的手段去攫取利益的人并非大多数，但这样的迷失过程在绝大部分人身上，或多或少发生过。那些费尽心思讨好上级、排挤同事的人，那些连周末都无法安心陪伴家人的人，那些除了算账，就再也不会动笔写字的人……那些人，就藏在我们的身体里，一旦我们被生活的惯性裹挟，被人潮拥走，他们就会悄悄跑出来，占领我们的心神，把我们变成一种高级机器，不辨冷暖与晨昏……

这样的担心并非杞人忧天，看看我们的周围，不知从什么时候开始，生活在钢筋水泥堆砌而成的城市里的我们，为了适应越来越快的生活节奏都习惯了疲于奔命。站在人潮汹涌的大街上，常常会看到形形色色的人迈着姿态各异的步伐南来北往，各种型号的车辆有如风驰电掣般渐行渐远……我们就在这样的纷繁里渐渐走丢了自己。于是，我们没有时间去慰藉自己的心灵，没有时间去关心父母的身体，没有时间去欣赏朋友的进步和努力，没有时间，陪陪自己。

叔本华说："人最大的快乐源泉是自己的心灵。"是啊，如果丢了自己的真心，就算赢得了整个世界，也不会快乐吧。不如偶尔停下匆忙的脚步，用最熟悉的方式去享受一个恬淡的下午，一个静谧的夜晚，或者一个明媚的早晨，让那个单纯而可爱的自己，重新获得对你的控制权。

这样，属于我们的安宁和幸福，才会如期来临。

流连未选择的路，只能迷路

永远不要去羡慕别人的生活，即使那个人看起来快乐富足；永远不要去评价别人是否幸福，即使那个人看起来孤独无助。

——佚名

美国桂冠诗人罗伯特·弗罗斯特有一首家喻户晓的诗篇叫作《未选择的路》，里面有两句诗，想必会引起很多人的共鸣："金黄的树林里分出两条路，可惜我不能同时涉足……当我选择了其中人迹更少的一条，从此便决定了我一生的道路。"

我们多数人的一生还远没到"盖棺定论"的程度，但你也许会略带不甘地承认，我们心底确实藏着许多条"未选择的路"：如果那时选的不是这个专业？如果毕业以后多投了几份简历？如果当初没有那么着急答应他的追求……是不是就会有一个完全不一样的，更加缤纷璀璨的人生呢？

仔细想来，我们并不见得就是真的对现在的工作、朋友、爱人有多大的不满，我们可能只是过于怀念那个充满无数可能，还能不断选择的——青春。

让·保尔·里克特有一篇优美的散文叫作《两条路》，里面就讲述了一个有关青春和选择的故事：

新年之夜，一位风烛残年的老人静静地伫立在窗前。他怔怔地遥望着深沉的苍穹，白玉般晶莹的繁星漂浮在银河上。但是，他却无心欣赏这无与伦比的美景。此时，就在他楼下，几个比他更加衰朽的生命正走向他们的归宿——坟墓。

年轻时的情景渐渐浮现在老人眼前，他想起那个庄严的时刻，父亲带他来到两条道路的入口——一条路通向阳光灿烂的田野，果实丰硕金黄，鸟声柔和悠扬；另一条路却通向漆黑的无底深渊，毒液侵蚀了泉水，蛇虫到处蠕动……

"我为什么会选择第二条?!"老人对着夜空失声大喊："青春啊，回来！父亲哟，快把我重新放回人生的入口，我会重新选择!"可是，父亲，以及那个光明的入口，一去不返。他记起了早年和自己一同踏入社会的伙伴，他们勤奋，并且善良，在这新年的夜晚，他们历经风雨后满载而归，温暖富足。而他自己则像天空中陨落的流星，瞬间消失在浩渺的苍穹之中。

徒然的懊丧像一支利箭射穿了老人的心脏。此时，远处传来了教堂的钟声，他怔怔地听着，想起父母曾为自己的幸福所进行的祈祷，强烈的羞愧和悲伤使他不敢再多看一眼父母居留的天堂。老人的黯然的眼睛最后一次挣扎着变亮，他大声呼唤："回来，我的青春！回来吧!"

故事的最后，"老人"从睡梦中醒来，原来，刚才只不过是他在新年夜晚打盹时做的一个梦。尽管他确实犯过一些错误，眼下却还年轻，时光仍然属于他。他还没有坠入漆黑的深渊，他还有机会涉足那光明的入口，看丰硕的庄稼在明媚的阳光下翻涌起伏……

幸好，只是一个梦。

可是，这样的梦就像一个过于美好的童话，只存在于作家的笔下，而不是我们自己的手中。微博上不是流传着这么一段文字么："如果有一天，你突然惊醒，发现自己在高中的课堂上睡着了，现在经历的一切只不过是一场梦，阳光照在你脸上，眼睛眯成一团，你告诉同桌，你做了个好长的梦，同桌骂你白痴，让你好好听课……你笑笑，一切还充满着希望……"可惜，感动之余，我们也怅然地发现：一切只是如果……如果而已。

大部分人，不就是这样么？在工作中庸庸碌碌，在感情里兜兜转转，在人生的每个十字路口观望着，徘徊着，眼看着身边的朋友一个个要么逆流而上，日益精进，要么急流勇退，恬适淡然，自己却仍在幸福和财富，自由和安稳面前，搔首踟蹰，进退维谷。蹉跎之后，只能通过回忆青春年华，聊以自慰。

只是，他们忘了：你用来缅怀、悔恨的时光，不也是鲜活的生命么？我们所能拥有的，也只有当下的目光和脚步而已。虽说人生的每个分岔只能选择一个入口，但这并不妨碍我们在每个入口后面都收获丰盛的美丽。我们需要的，只是洗洗因慌张而疲惫的眼睛，重新看清我们拥有的一切。

一个电视节目以"几岁是生命中最好的年龄？"问了很多的人。

一个小女孩说："两个月，因为你会被抱着走，你会得到很多的爱与照顾。"

另一个小孩回答："3 岁，因为不用去上学，你可以做几乎所有想做的事，也可以不停地玩耍。"

一个少年说："18 岁，因为你高中毕业了，你可以开车去任何想去的地方。"

一个女孩说："16 岁，因为可以穿耳洞。"

一个男人回答说："25 岁，因为你有较多的活力。"这个男人 43 岁。他说自己现在越来越没有体力走上坡路了。他 15 岁时，经常到了午夜才上床睡觉，但现在晚上 9 点一到便昏昏欲睡了。

一个 3 岁的小女孩说生命中最好的年龄是 29 岁，因为可以躺在屋子里的任何地方，虚度所有的时间。有人问她："你妈妈多少岁?"她回答说："29 岁。"

有人认为 40 岁是最好的年龄，因为，这时是生活与精力的最高峰。

一位女士回答说 45 岁，因为你已经尽完了抚养子女的义务，可以享受含饴弄孙之乐了。一个男人说 65 岁，因为可以开始享受退休生活。

最后一个接受访问的是一位慈祥的老太太，她微笑着说道："每个年龄都是最好的，享受你现在的年龄吧!"

是的，人生的每个阶段，每个年龄都是最好的，唯有握紧手里的时光，认真地活在当下，才是最聪明的人生态度。有人说："时光是从生命的长河里舀取的一瓢光阴，不论慢啜还是渴饮，终须将这一勺清冽，还予不止的溪流。"然而，许多人却忘了，时光虽如流水般易逝，但那些流失的时光，早已润泽了路边的草木。当我们在那条"人迹罕至"的小路深处回望，就会蓦然发现：那条来时路，已如我们的青春年华般，一片金黄，郁郁葱葱。

然后，别忘了揣好这份美丽与温暖，继续上路！

幸福不瞌睡，每天重启你自己

寄蜉蝣于天地，渺沧海之一粟。

—— （中国·宋朝）苏轼

古代文献里记载：这世界上有一种短命的飞虫，叫作"蜉蝣"。蜉蝣是看不到日出和日落的，因为它们在日出之后才出生，在日落之前已经死去。蜉蝣的生命短暂得如此可怜，甚至都无法经历一个春秋、一个冬夏，就像"夏虫不可语冰"里的夏虫一样，永远感知不到另一种截然不同的风景。相比来看，人类已算是一个相当长寿的奇迹了。然而，如果这个星球上有某种生命能延续上万年甚至上百万年，在它们眼里，我们的一生不也如蜉蝣一样短暂吗？

生命就是如此残酷，每个正常走过一生的人，都不过是轮回了三万次的蜉蝣而已。

生如蜉蝣三万次，我们并不是从一开始就知道这个令人难过的事实。往往，在我们经历许多风雨彩虹，尝过许多欢笑泪水之后，才在他人的口中或自己的心底沮丧地发现：原来我们的生命，这个我们还不曾充分拥抱的奇迹，是存在有效期的——时间有限，过期作废。不过，即使如此，即使从那一天开始，我们的内心就有了恐慌的种子，但我们似乎还是不懂得珍惜眼前的道理，殊不知，我们那三万次短暂的生命，就在这踟蹰犹豫中，一点点流逝无踪。

我们不妨暂缓一下那无止境的回忆与感伤，稍稍专注于此刻的自己。静静地看看窗外的雨水，每一滴雨水坠落在地面之后，便迅速地与地面上的积水混在一起，再也找不到它在空中时的形状。虽然我们知道，这滴雨水并没有消失，它只是换了种形态继续存在。可是，我们却再也找不到它了，虽然每一滴雨水都是那么晶莹剔透，可是，不会再有一滴雨水和刚才那一滴完全一样。这滴雨水从最初的尘埃和水蒸气开始，一直到完全混入积水之中，过程是多么的短暂，一如我们自己每天的生命。也许此时，你才会有一点警醒和迫切吧！

让我们擦干眼泪，洗洗沉睡了许久的脸庞，去生活中，去天地间，发现那些美丽动人的事物，打开上帝为你准备的，每天的礼物。每一天，这个星球上都有很多奇迹诞生，也有很多奇迹凋零。就算我们没见过大自然的壮阔，没见过宇宙的无穷，仅仅看看我们自己，不就是一个个伟大的奇迹吗？2011年10月31日零点前2分钟，在媒体聚光灯的环绕下，一个被取名为丹妮卡·卡马乔的女婴在菲律宾首都马尼拉一家医院降生，她将成为全球范围内几名被宣布成为象征性的世界第70亿人口的婴儿之一。联合国对外宣布，从这一天开始，这个星球上人口的数量已经突破70亿。我们自然从内心欢迎这新生命的诞生，因为每一个生命，都是一个奇迹。如今，有着70亿人生活在这个美丽星球上，就如同有着70亿个奇迹。况且，没有一个人的内心世界和个人经历会与其他人完全一样，这种事情以前不曾有过，现在没有发生，以后也不会存在。这就像每一片叶子的脉络、形状都与其他叶子不同，都是独一无二，无与伦比的。这不是奇迹，又是什么呢？

所以，请珍惜奇迹般的每一天，也珍惜身边的每一个奇迹般的人。虽然我们也有可能会经历父母的离世、朋友的背叛、敌人的羞辱、他人的嘲讽、失败的打击、病痛的折磨、死亡的威胁……在这三万多次生命里体验到哭泣、欢笑、咒骂、歌唱、愤怒、平静、烦恼、快乐、绝望、期望……但在我们经历过这一切之后，我们终会明白：一切都会成为这个完整人生的一部分！

就像克里希那穆提说的那样："试着每天都大死一番吧！"

每一天，彻底地洗刷过往的痛苦和快乐，让一切重生！或者，换个更贴近生活的说法，每天将自己重启，这样才能保持高速的运转效率，从容应对人生的风雨。

用过电脑的朋友都知道，如果我们在系统中安装的应用软件越多，电脑运行的速度就会越慢。而且在运行过程中，还会有大量的垃圾文件、错误信息不断产生，若不及时清理掉，不仅仅影响电脑的运行速度，还会造成死机，甚至整个系统的瘫痪。所以，我们必须定期删除多余的软件，清理垃圾文件，这样才能保证电脑的正常运行。

我们的生活和电脑系统十分相似，如果你想过一种简单快乐，又有新鲜活力的生活，就不能背负太多不必要的包袱，就要学会删繁就简。每天将烦恼和妄想从我们大脑的硬盘中删除掉，为幸福和美好的事物留下足够的空间。

很多时候，我们在人生旅途上匆忙赶路，蓦然回首，既错过很多美丽风景，也浪费了许多可贵时光。当我们对一切都认为理所当然，不再像孩子那样对新鲜的事物充满好奇，并花时间去欣赏、发现、品味时，我们就错过了最完美的自己。不如每夜"死去"一次，重启一次，第二天如初生的婴儿一样，仅仅保留着对这个世界的好奇与敏感，用这颗清新、纯真的心，去拥抱最美的世间，也拥抱最美的自己。

这样的生活，我们才能称之为：幸福。这样的幸福，才永远不会瞌睡。

旅行与自由：真雅士的随性人生

人之所以爱旅行，不是为了抵达目的地，而是为了享受旅途中的种种乐趣。

——（德国）歌德

说到活在当下，享受人生，可能很多人都会想到环游世界，想到徒步旅行，想到西藏、云南，想到绝美的山水……的确，人生就是一场旅行，一趟行脚，每个人都是旅行家，都是行脚僧。但你有没有想过，真正的旅行家是怎样的？真正完美的旅行又是怎样的？是有一身精良的装备，出发前在脑子里塞满各种想要解答的问题，在即将开始的旅程中去寻求某种价值和意义，还是什么都不想，什么都不做，哪怕只有几件简单的换洗衣服，就愉快地出发？

真正的旅行之乐永远在旅行本身，而不在旅行开始前随行附带的问题和意义。

林语堂在《论游览》里写道："一个真正的旅行家必是一

个流浪者，经历着流浪者的快乐、诱惑和探险意念。旅行必须流浪式，否则便不成其为旅行。旅行的要点于无责任、无定时、无来往信札、无嘻嘻好问的邻人、无来客和无目的地。一个好的旅行家绝不知道他往哪里去，更好的甚至不知道从何处而来。他甚至忘却了自己的姓名。"是的，旅行者要像个流浪者，应该无所希冀，无所期盼和负担。

旅行是种消遣，不是寻找也不是发现，它不应有厚重的人生意义和价值观，更不能期盼在短短的旅行中找回自己。想在旅行中找回自己的人，现实中也是迷失的。旅行就是旅行，它只是一个过程，一段充满自由、欢乐和惬意的路途。所以，它的存在，不应涉及任何深刻的内容。它不能改进心胸，所有希望通过一次旅行改进心胸的人都是无知的。它能做的，只是让人们暂时忘掉忧伤、彷徨和无奈。只有深入其中才能释放自己，带有太多尘世的杂念就无法真正快乐起来。

而且，旅行也不是为解决问题而开始的，不应为了增加平时的谈资而旅行，也不应为了一张漂亮的风景照片而旅行。旅行的过程应该是一次随性的、无拘无束的游玩。人们不需问目的地，不需结伴而行，不需有任何精良的装备，只要上路，便意味着一切。我们不应该在旅行的时候想结果，不应想得到了什么，失去了什么。不应想某个问题是否找到了答案，人生的意义是否明了。我们要学会享受过程，而不应被结果所累。人一旦为了结果患得患失，就失去了享受过程和继续走下去的勇气，而这样的人是没有快乐可言的。

哪种旅游并不重要，重要的是投入其中。只要全心投入，大荒中的孤游也另有一番意味。它虽表面看起来孤傲，却有佳趣孕育其中。它的妙处在于"我走我的路，一日或二三里或百里，无人干涉，不用计较，莫须商量。或是观草种，察秋毫，或是看鸟迹，观天象，都听我自由。我行我素，其中自有乐趣"。旅行是快乐的，真正的"雅士"，真正的聪明人，洒脱之人，会像林语堂先生那样投入其中，感受过程的快乐。这样的人是洒脱放逸的，他的精神世界是浩瀚而自由的。

无论做哪种事，只有心无旁骛地投入其中，不被过多的琐事羁绊，才能收获最多的快乐。人生何尝不是如此，它就像一次旅行，如果用随性、无拘无束、享受其中的态度面对它，就可能会看到最美丽的风景。所以，想要获得真正的自由与闲适，就应该学着放下那些尘世里庸俗的观点，以静心、养心的状态感受每件事的过程。心态从容了，生活也会多一份美好。

坐在人生的火车上，我们常常忽略了窗外流动的风景：城市的轮廓，高速公路上驰骋的汽车，乡间农舍上的袅袅炊烟，远处山坡上放牧的牛群，成片的玉米地和小麦地、山脉……我们想得最多的是目的地，可当我们真正抵达终点时，才发现结果并没有想象中的那般美好。也许此时我们才能明白，人生的终点站没有真正意义上的完美。

生命的真正乐趣在于旅行的过程，终点站只是一个梦，它永远在我们的前方。

一个人，他在年轻时拼命赚钱，中年时终于实现了自己的梦想，成了一个富翁。可是物质丰富的他，并没有因为实现梦想而感到发自内心的快乐。他一个经营花店的朋友，却过着平凡快乐的生活，时常可以看见他露出愉快的笑脸，对此他十分不解。

有一天，这位富翁很不甘心地问他的朋友："我的钱可以买100个花店，可是为什么我却没有你快乐？"

朋友指着旁边的窗子问："从窗外你看到了什么？"
富翁说："我看到很多人在逛花园。"
朋友又问："那你在镜子前又看到了什么呢？"
富翁看着镜子里憔悴的自己说："我看到了我自己。"

"哪一个风景辽阔呢？"

"当然是窗子的风景辽阔了。"

朋友微笑着说："你之所以不高兴，就是因为你活在镜子的世界里呀！当你试着将镜子后面的那层水银漆剥掉，你就会看到全世界。"

人们都说要趁着年轻勇敢追梦，但丰富的人生也需要美好的风景来点缀。清晨的爽朗，午后的豪迈，落日的安详，都是大自然恩赐给我们的礼物，而且大自然一直都在给予。只是有时候我们宁可躲在屋子里工作、睡觉，也不肯光临一下大自然。因为忙碌，我们只知根据温度来添减衣服，却忽略了四季的更替，就这样不知不觉地过了一年又一年。有时，需要我们停下来静静心，然后找一个心向而往之之地，看看这个世界，享受一个生活的美好。

毕竟，只有打开一扇窗，方能看到一片景；只有踏上一段旅程，人生才会有所不同。